SCHLAU WIE

SHERLOCK

KNIFFLIGE FÄLLE
RUND UM DEN GLOBUS

100 DENKSPORT-KARTEN FÜR MEISTERDETEKTIVE

moses.

Hi, nice to meet you!

Auf den folgenden 100 Karten begleitest du den berühmten Detektiv Sherlock Holmes und seinen treuen Partner Dr. John Watson auf eine abenteuerliche Reise rund um die Welt. Und wer die beiden kennt, den dürfte es kaum verwundern, dass sie auf dieser Reise unentwegt mit spektakulären Kriminalfällen konfrontiert werden.

Stelle dich der Herausforderung! Bist du genauso genial wie der große Sherlock Holmes? Um die Rätsel zu lösen, sind eine ausgeprägte Beobachtungs- und Kombinationsgabe, logisches Denkvermögen sowie eine gehörige Portion Finesse unerlässlich. Jedes Detail kann entscheidend sein!

Manche Fälle stellen deine Fähigkeiten ganz besonders auf die Probe und erstrecken sich über mehrere Karten. Das erkennst du an der Anzahl der Pfeile, die oben neben der Ortsbezeichnung steht. Mitunter lösen Holmes und Watson aber auch verschiedene Fälle in einem Land. Solltest du mal gar nicht weiterkommen, könnte ein Blick in Watsons Reisegepäck hilfreich sein, das du auf den letzten drei Karten dieses Sets findest. Neben einigen Gegenständen, die sich als nützlich erweisen könnten, befindet sich dort auch Watsons kleine Geheimschriften-Kunde, die du jederzeit konsultieren kannst!

So – nun bist du bestens gewappnet, um dich gemeinsam mit Sherlock und Watson ins Abenteuer zu stürzen.

Have a lot of fun
and an exciting trip!

TÖDLICHE ROUTINE

Als Dr. Watson das Haus in der Baker Street 221b betritt, kommt ihm eine empörte Mrs. Hudson entgegen: »Sagen Sie Sherlock, er soll unbedingt noch seinen Schal in den Koffer packen. Auf mich will er ja nicht hören!«

Irritiert bleibt Watson stehen. Koffer packen? Da kommt Sherlock Holmes auch schon zwei Stufen auf einmal nehmend die Treppe herabgesprungen: »Ah, John, gerade rechtzeitig! Unsere Expertise wird verlangt!« Er drückt Watson ein Bild in die Hand. »Ich habe mir den Spaß erlaubt, das Ziel unserer Reise in unserem Pressefoto zu verstecken.

Also, mein Guter, zu welcher Burg fahren wir?«

Keine fünf Minuten später hat Watson die Lösung anhand der in das Foto eingefügten Buchstaben gefunden:

L, **U**, **X**, **E** und **M** ergeben – mitsamt Sherlocks Hinweis auf die Burg – **Luxemburg** als Reiseziel.

Holmes berichtet: »Auf dem Champ du Glacis, wo das Volksfest D'Schueberfouer stattfindet, wurde eine Bombe deponiert. Der Erpresser verlangt 25 Millionen Euro, sonst fliegt morgen das gesamte Areal in die Luft.«

Erst jetzt bemerkt Watson die zahlreichen gepackten Koffer: »Sag mal, ist das nicht etwas viel Gepäck für einen Trip nach Luxemburg?«

»Ich habe gerade ein Buch von Paulo Coelho gelesen«, erwidert Holmes. »Folgender Spruch hat mich nachdenklich werden lassen: ›Wer denkt, Abenteuer seien gefährlich, sollte es mal mit Routine versuchen: Die ist tödlich.‹ Watson, diese Worte sprechen mir aus der Seele. Ich langweile mich hier zu Tode! Immer die gleichen Verbrecher, ähnliche Tatorte, mein Bruder Mycroft, Inspektor Lestrade, dieser unselige Moriarty. Nein! Mein Entschluss steht fest! Und wie der Zufall es will, flattert gerade heute diese spannende Anfrage aus dem Großherzogtum Luxemburg herein. Ich denke, das ist Schicksal!«

Geradezu theatralisch breitet Holmes die Arme weit aus: »Aber Luxemburg ist nur der Anfang, mein Lieber. Spürst du sie nicht auch, die Vorfreude auf das Unbekannte? Die Welt jenseits von London ist so unfassbar groß – und die Abenteuer dort draußen, sie warten schon auf uns!«

DER DICHTENDE ERPRESSER

Und so starten Holmes und Watson wenige Stunden später Richtung Luxemburg. Als sie auf dem Festplatz ankommen, stürmt ein Polizist mit Entsetzen im Gesicht auf sie zu: »Suivez-moi, je vous en prie! Vite! Soeben hat sich eine Zeitschaltuhr aktiviert. Der Erpresser hat von Ihrer Ankunft erfahren – und da Ihnen Ihr Ruf vorauseilt, hat er per Fernsteuerung den Countdown aktiviert. Es bleiben uns noch genau 24 Minuten, dann fliegt hier alles in die Luft!«

Und so kommt es, dass schon der Auftakt der Weltreise turbulent ausfällt – zur Freude von Sherlock Holmes, der sich beim Anblick der Truhe die Hände reibt. Er fackelt nicht lange, drückt einige Tasten und steht wenige Minuten später vor der geöffneten Truhe. Die Zeitschaltuhr auf ihrer Rückseite hat sich deaktiviert, die Gefahr ist gebannt!

Wodurch ist Holmes das gelungen?

Nachdem die Polizisten überschwänglich ihren Dank zum Ausdruck gebracht haben, wird Holmes gebeten zu erläutern, warum er ausgerechnet die **vier Tasten mit den Tierspuren nicht gedrückt** hat. Holmes nimmt ein Blatt Papier: »Meine Herren, ich kann es wohl schneller aufzeichnen als in Worte fassen. Passen Sie auf! Das **Gedicht, in dem keine Rede von Tierspuren ist, gibt die Reihenfolge vor, in der die jeweils vier Tasten gedrückt werden müssen.** Pro Reihe wurde ein zugehöriges Symbol eingefügt ...«

WENN ZARTER FRÜHLINGSDUFT
WEHT DURCH DIE LUFT
UND DER VOLLMOND IM WESTEN STEHT,
DIR MIT EINEM MAL DAS HERZ AUFGEHT,
SO DRÜCK DER REIHE NACH JEWEILS VIER,
DANN ÖFFNE ICH MICH DIR!

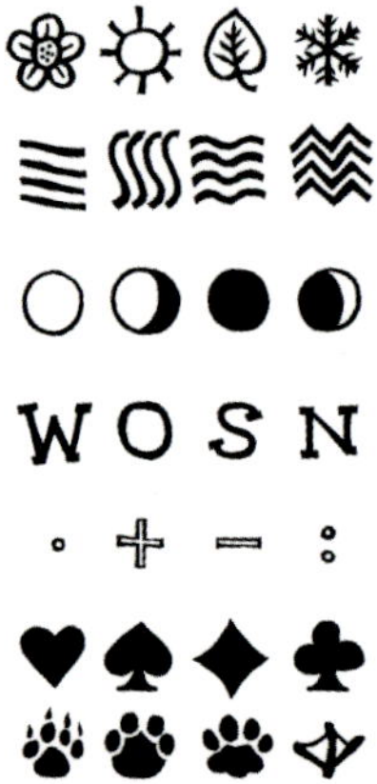

4 Jahreszeiten
Frühling, Sommer, Herbst, Winter

4 Elemente
Luft, Feuer, Wasser, Erde

4 Mondphasen
Vollmond, abnehmender Mond, Neumond, zunehmender Mond

4 Himmelsrichtungen
West, Ost, Süd, Nord

4 Grundrechenarten
Mal, Plus, Minus, Geteilt

4 Spielfarben
Herz, Pik, Karo, Kreuz

4 Tierspuren

Abends in der Hotelbar sagt Watson zufrieden: »Ein dichtender Erpresser, welch außergewöhnlicher Auftakt unseres Abenteuers!«

Dr. Watson, der gerade den Pariser Stadtplan studiert, fragt: »Sherlock, wollen wir heute zuerst auf den Montmartre, das Moulin Rouge besichtigen? Oder steht dir eher der Sinn nach einem schönen Spaziergang entlang der Seine mit Invalidendom, Eiffelturm, Notre-Dame, Panthéon, Louvre und …« Ungeduldig wird er von Holmes unterbrochen: »Sieh, dies wurde unter der Tür hindurchge… Warum grinst du so?«

»Sherlock, heute ist Valentinstag. Und wir sind in der Stadt der Liebe. Wie mir scheint, hast du eine heimliche Verehrerin.«

»Oh, Watson! Offensichtlich geht es um mehr als amouröse Gefühle. Elf Dinge wären hier des Sehens würdig, will man das Geheimnis lüften.«

Wovon redet Sherlock Holmes da nur?

Holmes hat zunächst die **elf Pariser Sehenswürdigkeiten** (Eiffelturm, Invalidendom, Katakomben, Louvre, Mona Lisa, Montmartre, Moulin Rouge, Notre-Dame, Panthéon, Pont Neuf, Sacré-Cœur) gekennzeichnet, wobei er die über Eck geschriebene Überschrift als Hinweis interpretiert hat, dass auch in dem Rätsel Wörter um die Ecke gehen. Liest man nun Zeile für Zeile nur die übrig gebliebenen Buchstaben, ergibt sich folgende Nachricht: **TREFFEN GEMAELDE EIN UHR** – und wenn man in Paris von »Gemälde« spricht, kann damit nur die *MONA LISA* gemeint sein.

Doch als sie kurz vor 13:00 Uhr im Louvre eintreffen, ist »La Joconde« – wie sie auf Französisch heißt – verschwunden!

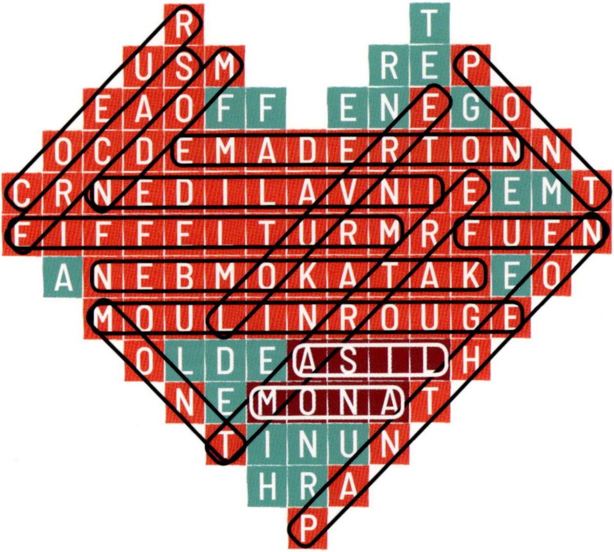

LA JOCONDE

Dr. Watson hat seinen Freund selten so wütend gesehen wie in dem Augenblick, als Holmes bewusst wird, dass dieser außergewöhnliche Fall schon wieder von seinem alten Widersacher Professor James Moriarty ausgeheckt worden war.

»Warum haben wir denn London verlassen, Watson?«, ruft der Detektiv erregt aus und gibt Watson gar nicht erst die Gelegenheit zu antworten. »Genau – auch um diesem elenden Verbrecher eine Weile zu entkommen. Wie hat er uns nur so schnell finden können? Ach, verdammt!«

Holmes betrachtet das Chaos. Anstelle der *Mona Lisa* hängt nun ein anderes »Gemälde« an der Wand: ein Konterfei von Moriarty! Auf dem Boden liegt ein Meer an Puzzleteilen, daneben drei Puzzlekartons von verschiedenen Herstellern und mit unterschiedlichen Motiven.

Während Dr. Watson entsetzt auf das Chaos starrt, hat sich Sherlock bereits hingekniet und die Motive auf den Kartons studiert. »Zu bunt«, murmelt der Detektiv und nimmt die Puzzleteile genau unter die Lupe. Plötzlich beginnt er in einem unfassbaren Tempo, die einzelnen Teile auf die Kartons zu verteilen. Irritiert beobachtet Watson das Geschehen eine Minute lang und fragt dann: »Sherlock, ich gehe mal davon aus, dass du weißt, was du da machst. Hättest du die Güte, mich an deiner Weisheit teilhaben zu lassen?« Doch Holmes antwortet nicht.

Wie gelingt es dem Detektiv, die 3.000 Puzzleteile rechtzeitig zu sortieren?

»29 Minuten und 42 Sekunden – Respekt, Sherlock. Ich hätte dir gerne geholfen, doch du hattest ja offensichtlich keine Zeit, mir zu erläutern, wie du das bewerkstelligen konntest«, sagt Watson leicht verstimmt.

»Mein guter Watson, gräme dich nicht«, erwidert Sherlock Holmes. »Die Zeit, die ich darauf verwendet hätte, dir meine Vorgehensweise zu erklären, hätte dazu geführt, dass Moriarty gewinnt. Ich bin mit vollkommener Logik an diese Aufgabe herangetreten. Erstens: Moriarty ist zwar ein Verbrecher, aber in seinen Augen dennoch ein Ehrenmann. Also würde er uns niemals eine unlösbare Aufgabe stellen. Zweitens: Es wäre unmöglich, die Aufgabe zu lösen, wenn wir die 3.000 Puzzleteile anhand der Motive sortieren müssten. Also muss es – drittens – einen anderen Weg geben. Und der besteht darin, **der Dicke der einzelnen Puzzleteile und ihrer Verarbeitung** Aufmerksamkeit zu schenken. Jeder Hersteller produziert seine Puzzles auf leicht unterschiedliche Art. Und siehe da: Die Teile von Motiv 1 sind dicker als die von Motiv 2. Und die Puzzleteile des 3. Motivs haben eine wesentlich glattere Oberfläche als die beiden anderen. Nur so konnte ich die Puzzleteile in der vorgegebenen Zeit sortieren. Ich wette, Moriarty hat dies vorher selbst ausprobiert – daher die 30 Minu…«

»Monsieur Holmes? Dies wurde soeben für Sie abgegeben«, ruft der Museumsdirektor mit hoffnungsvollem Gesicht und kommt mit einem etwa 50 x 70 cm großen Paket angerannt. Holmes reißt die Verpackung auf – und tatsächlich lächelt ihm die *Mona Lisa* entgegen! Moriarty hat Wort gehalten!

»Dieser Gauner muss die Sicherheitskameras gehackt haben. Ich kann nur hoffen, dass uns Moriarty in Zukunft in Ruhe lässt! Wenn er uns auch nach Venedig folgt …«, sagt Holmes, wobei er einen zweifelnden Blick von Watson erntet, der sich in weiser Voraussicht einen Kommentar verkneift.

DER TODESENGEL

05 | VENEDIG

Der Engelsflug – Volo dell'Angelo – läutet den Karneval in der Lagunenstadt ein. Doch statt dieses Ereignis unbeschwert genießen zu können, stecken Holmes und Watson bereits wieder mitten in einem Fall: Die Polizei hat Hinweise auf einen geplanten Anschlag gefunden! Plötzlich meldet sich Watson, der den westlichen Teil des Markusplatzes überwacht, per Handy: »Holmes! Ich habe gerade im Vorbeigehen ›attentato‹ und ›angelo‹ aufgeschnappt, also ›Attentat‹ und ›Engel‹! Habe die beiden unauffällig in einer Fensterscheibe beobachtet. Die Frau trägt eine weiße Maske mit Stern auf ihrer linken Wange. Dann waren sie im Handumdrehen verschwunden. Wir müssen diese Frau finden, bevor sie den Engel umbringt! Die Zeit wird knapp!«

Holmes sucht mit seinem Fernglas den Platz ab:
Wo ist die Attentäterin?

Sherlock Holmes rennt über den Markusplatz in Richtung Campanile, von wo aus die **Attentäterin ihren Engelsflug** gerade begonnen hat. »Verdammt, ich werde es nicht schaffen«, denkt Holmes entsetzt, als er sich nur mit Mühe durch die Menschenmenge schlängeln kann, die fasziniert beobachtet, wie der Engel vom 99 m hohen Glockenturm auf den Markusplatz herabschwebt. Holmes zückt sein Handy und wählt die Nummer des Sicherheitschefs.

Kurz darauf nimmt er auf der Balustrade des Campanile eine Bewegung wahr. Carabinieri! Sie ziehen die Frau mithilfe der Seile zurück Richtung Turm, bevor sie ihr tödliches »Konfetti« auf die Menschenmenge hinabrieseln lassen kann.

Als Holmes und Watson Stunden später die Gondel-Parade auf dem Canal Grande genießen, sagt Watson: »Ich dachte immer, diese Apokalyptiker-Freaks wären harmlose Spinner. Dass sie den Weltuntergang mittels Anthrax-Bakterien selbst herbeiführen wollen, das hätte ich nicht gedacht! Wahrscheinlich haben diese Fehlgeleiteten zu oft den Film *Twelve Monkeys* gesehen. Sag mal, Sherlock, warum hast du eigentlich nicht auf mich gehört, als ich dir sagte, die Maske der Attentäterin wäre weiß und hätte einen Stern auf der linken Wange?«

»Als du sagtest, du hättest die beiden Attentäter **in einer Fensterscheibe beobachtet**, ging ich davon aus, dass du die Maske in deiner Aufregung so beschreiben würdest, als blicktest du in einen Spiegel.«

»Oh Gott, **spiegelverkehrt**. Du hast recht … Sherlock?«

Der Detektiv hält sein Handy ans Ohr, lauscht gebannt und runzelt dann die Stirn. »Ein neuer Fall, Watson«, sagt er nach dem Anruf. »Und es wird brisant, mein Lieber! Das war ein Offizier der Schweizergarde. Er meint, der Papst wäre entführt worden.«

DER VERSCHWUNDENE PAPST

Holmes und Watson stehen auf dem Petersplatz und lesen Moriartys Botschaft.

»Uhrplötzlich, Rückenlage?« Watson schüttelt den Kopf.

Welche »Zeit« wird gesucht? Und wo ist diese zu finden?

Sherlock Holmes knirscht leise mit den Zähnen, als er das für Moriarty typische M. entdeckt: »Erst Paris, jetzt Rom. Diesem ›Napoleon des Verbrechens‹ – wie er sich selbst zu nennen pflegt – wollte ich durch unsere kleine Weltreise ja gerade entfliehen. Da hätten wir auch in London bleiben können. Wenn dieser Halunke den Papst nur entführt hat, um mir seine Überlegenheit zu beweisen, dann …«

»Sherlock, reg dich ab!«, versucht Watson den ungewohnt aufgewühlten Detektiv zu beruhigen. »Konzentrieren wir uns lieber auf die Suche nach dem Papst und somit auf Moriartys Nachricht. Ich bin mir sicher, dass der Hinweis **›der Erste seiner Art‹ auf den Obelisken auf dem Petersplatz verweist.**«

»Gut kombiniert, Watson! Und wenn wir davon ausgehen, dass der **runde Platz an das Ziffernblatt einer Uhr erinnert,** wird der Obelisk zur Achse, um die sich die Zeiger drehen!«

»Dann ist die falsche Schreibweise von ›uhrplötzlich‹ sicher kein Zufall. Nur das Ticken in Rückenlage verstehe ich immer noch nicht!«

Bei diesen Worten springt Holmes wie von einer Tarantel gestochen auf und wühlt in ihren Rücksäcken herum.

Da – eine fremde Taschenuhr! »Die hat uns sicherlich jemand zugesteckt, als wir uns eben durch die Menschenmenge auf dem Petersplatz gedrängelt haben«, vermutet er.

»Sieh nur«, ruft Watson aufgeregt, »im Deckel der Taschenuhr ist eine Botschaft eingraviert!«

SCHAU DIR DIE KARTE MIT DEM REISEGEPÄCK AN UND LIES DIE INSCHRIFT AUF DER UHR!

DIE LÖSUNG LIEGT AUF DER HAND

»Es kann kein Zufall sein, dass die schwarzen Linien, die sich auf dem Petersplatz rund um den Obelisken befinden, als Muster auch auf der Taschenuhr auftauchen«, mutmaßt Watson. »Moriarty schreibt: ›Es zeige der Kleine starr auf den Dom‹. Das bedeutet, wir müssen die Uhr so auf dem Petersplatz positionieren, dass der kleine Zeiger Richtung Petersdom zeigt, richtig? Lass uns mal einen Blick auf die Karte des Vatikans werfen ...«

Wo wird der Papst gefangen gehalten?

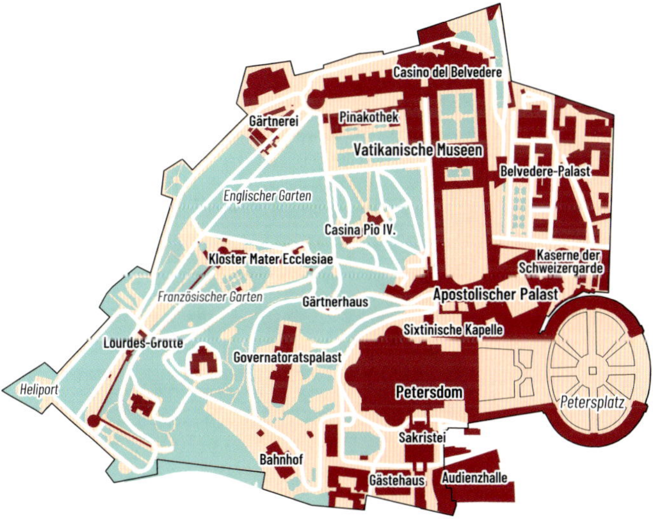

»›Doch folge dem Großen gleich einem Spion‹ – das kann nur bedeuten, dass wir den **großen Zeiger der Taschenuhr verlängern** müssen«, meint Holmes. »Der Zeiger steht auf drei Minuten vor Zwölf. Auf dieser Linie liegen die Piazza dei Protomartiri Romani, die Sakristei, der Platz der heiligen Martha, der Palazzo del Tribunale und der Bahnhof des Vatikans. Nun gilt es, mithilfe logischer Deduktion in kürzester Zeit den richtigen Ort zu finden. Also … die beiden Plätze bieten kaum Möglichkeiten, jemand zu verstecken. Die Sakristei wurde mit Sicherheit bereits durchsucht, und im Palazzo hat das Gendarmeriekorps der Vatikanstadt ihren …«

Holmes ist richtig in Fahrt, doch Watson unterbricht ihn mit den Worten »Sherlock, Moriarty hat uns doch verraten, wo der Papst ist. **›Bis an sein Ende, sei nur nicht bang‹** weist eindeutig auf den Bahnhof hin, denn dahinter ist die Vatikanstadt zu Ende.«

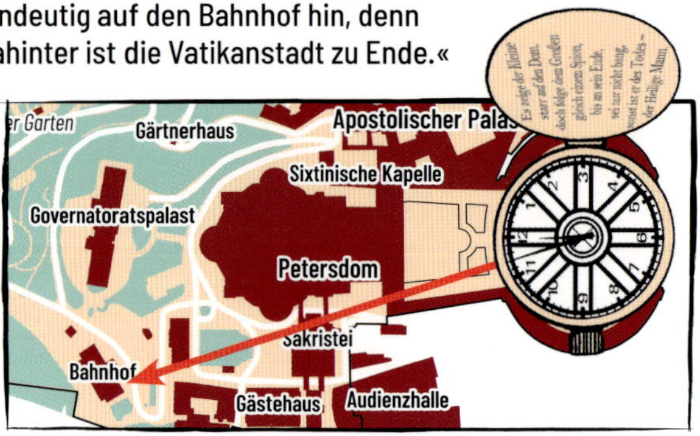

»Mein Gott, du hast recht. Wo hatte ich nur meinen Kopf?«, ruft Holmes aus. »Watson, lass den Bahnhof stürmen!«

Nachdem Seine Heiligkeit gefunden worden ist, erhalten Holmes und Watson eine Privat-Audienz, bei der vom Papst eine Bitte geäußert wird …

DIE GRUFT DER KAPUZINER

»Auch wenn der Papst dich gebeten hat, diesen Fall des 1983 verschwundenen Mädchens aufzuklären – hier finden wir nur die Gebeine von Tausenden Kapuzinerbrüdern!« Watson zittert vor Kälte. Holmes nickt: »Und dennoch scheinen unsere Nachforschungen jemanden wachgerüttelt zu haben, sonst hätte man uns hier nicht eingesperrt. Die Ziffernkombination für das Schloss haben wir schnell herausgefunden. Das Ende als Neubeginn zu sehen ist hier wörtlich zu nehmen.«

Wie lautet die rettende Kombination?

Als die beiden Freunde kurze Zeit später durch die Straßen des nächtlichen Roms laufen, bleibt Watson plötzlich stehen und atmet tief ein. »Köstlich, diese frische Luft!« Ein Schaudern geht durch seinen Körper, als er an die Gruft zurückdenkt. »Als du meintest, wir würden der berühmten Santa Maria della Concezione dei Cappuccini einen Besuch abstatten, habe ich mich auf ein typisches Caffè und einen Cappuccino gefreut. Stattdessen landen wir in dieser fürchterlichen Gruft!«

»Warum bist du denn heute so zartbesaitet, mein Guter?«, meint Sherlock schmunzelnd. »Wer immer uns diese Falle gestellt hat ... Viel Mühe hat er sich nicht gegeben. Die Hinweise **›Aanfang‹** und **›das Ende kann ein Neubeginn sein‹** ließen mich die Namen der Unglückseligen in folgende Reihenfolge bringen: **A**ara**n** – **N**estor**e** – **E**fre**m** – **M**anfred**i** – **I**gnazi**o** – **O**sca**r** – **R**afae**l** – **L**eonar**d** – **D**omeni**c** – **C**arlo**s** – **S**ilian. Am Schluss verbleibt also der Name Silian. Die 19 entspricht der Position des Buchstabens ›S‹ im Alphabet. Übersetzt man den ganzen Namen auf diese Weise in Ziffern, ergibt sich: **19-9-12-9-1-14**. Und schon waren wir frei!«

»Und was machen wir nun mit diesem Cold Case des verschwundenen Mädchens, das dem Papst anscheinend am Herzen liegt?«, fragt Watson.

Holmes bleibt stehen: »Ich werde auch weiterhin ein Auge darauf haben, doch die deutschen Behörden haben mich heute Morgen kontaktiert. Es geht um den Märchenkönig! Neugierde geweckt, Watson?«

DES MÄRCHENKÖNIGS TOD

»›Ein ewig Rätsel will ich bleiben mir und anderen‹ – das soll König Ludwig II. gesagt haben«, liest Watson von der Infotafel vor, die am Eingang zur Votivkapelle Ludwigs II. steht. »Na, das ist ihm wohl gelungen. Bis zum heutigen Tage weiß niemand, was an dem unheilvollen 13. Juni 1886 wirklich geschah. Da Ludwigs Bauwut den Schuldenberg immer weiter anwachsen ließ, entmündigte man den König kurzerhand. Er wurde von Schloss Neuschwanstein nach Schloss Berg am Starnberger See gebracht. Ein Abendspaziergang mit seinem Arzt endete für beide tödlich. War es Mord, Selbstmord, ein Unfall? – Warum hat man dich eigentlich hergebeten, Sherlock?«

»Diese Votivkapelle wurde nach des Königs Tod als Denkmal am Ufer des Sees errichtet. Jemand hat vor Kurzem ein Fenster beschmiert und dann eingeschlagen.«

Welche Schlussfolgerung zieht Holmes aus den Scherben, die am Boden liegen?

»Ich fasse es nicht, dass du diesen Scherben die Botschaft **SCHLOSS BERG** entnehmen konntest«, Watson kommt aus dem Staunen nicht heraus.

Holmes fühlt sich geschmeichelt: »Wie du weißt, ist es bei der Ermittlung eines Verbrechens von elementarer Wichtigkeit, Tatsachen und Nebensächlichkeiten zu trennen. Sonst zersplittert die eigene Kraft – genauso wie dieses Kapellenfenster.«

»Was haben denn die ermittelnden Behörden zu den auf die Fenster gesprühten Wörtern gesagt? Denkst du, wir können das Rätsel um den Tod von König Ludwig II. lösen? Das wäre unfassbar, Sherlock! Lass uns zum Schloss Berg gehen, sicherlich finden wir dort weitere Spuren!«

»Ich bewundere deine Begeisterungsfähigkeit angesichts uralter Mysterien, mein lieber Watson. Die Behörden haben mir bereits den Grundriss und Fotos des Schlosses zukommen lassen.«

DAS MYSTERIUM VON SCHLOSS BERG

Im Garten des Schlosses sitzend, studieren Holmes und Watson den Grundriss sowie die Fotos. Gibt es hier irgendwo einen Hinweis, eine Auffälligkeit – oder gar einen Geheimgang? Letztlich bleibt nur noch der Grundriss des Erdgeschosses übrig. Watson gibt nach kurzer Zeit seufzend auf: »Ich hätte gedacht, dass besonders die Ecktürme ein Geheimnis bergen könnten. Doch den Renovierungsarbeiten nach dem Zweiten Weltkrieg sind auch die Türme zum Opfer gefallen. Was meinst du, sollen wir uns mal vor Ort umsehen?«
»Nicht nötig!«, meint Sherlock.

Welchem Geheimnis kommt Holmes auf die Spur?

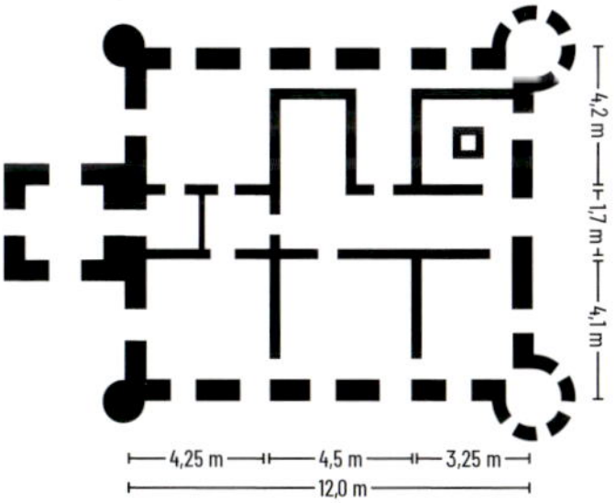

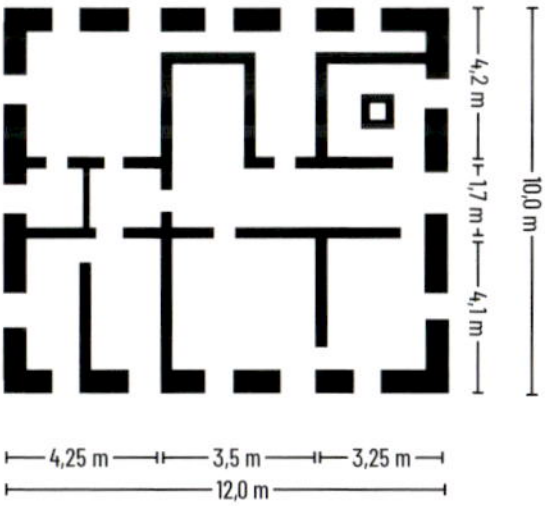

»Ich habe alles an die zuständigen Behörden übermittelt, Watson. Wir sind raus aus den Ermittlungen. Staatsgeheimnis!«, sagt Holmes und packt weiter seelenruhig seinen Koffer, während Watson vor lauter Empörung nicht stillstehen kann.

»Wie kannst du nur so ruhig bleiben? Du hast immerhin ein Geheimnis gelöst, das sich seit Jahrzehnten direkt vor den Augen aller befunden hat – doch niemand hat es bemerkt. Du hast doch ein Geheimnis gelöst, oder?«

Plötzlich hält Watson inne. Vor lauter Aufregung ist er noch gar nicht dazu gekommen, sich über die Tragweite ihrer Entdeckung Gedanken zu machen. Laut den Abmessungen des neuen Grundrisses musste einer der Räume bei den Renovierungsarbeiten einen Meter an Länge verloren haben (3,5 m statt 4,5 m), ohne dass einer der anderen Räume an Länge gewonnen hatte. **Es wurde also heimlich eine zweite Wand eingezogen, um einen kleinen Geheimraum zu schaffen.**

»Das ergibt doch nur Sinn, wenn man etwas zu verbergen hat, richtig?«, fragt Watson.

Holmes hingegen plagen gänzlich andere Gedanken: »Ich frage mich, warum dieses uralte Rätsel plötzlich wieder in den Fokus der Aufmerksamkeit gerät. Wer hat das Fenster der Votivkapelle zerstört und die Botschaft hinterlassen? Und warum hat mich der deutsche Geheimdienst kontaktiert, wo das Rätsel mitnichten ein unlösbares Mysterium darstellt? Ich bin mir nicht sicher, ob wir auf diese Fragen jemals eine Antwort erhalten werden. Wenigstens ist eines gewiss: Das nächste Abenteuer wartet schon auf uns! Wir fahren in eine Stadt, die bereits mehrmals zur lebenswertesten Stadt der Welt gewählt wurde. Neugierig, Watson?«

TÖDLICHE LANGEWEILE

Obwohl sie in einer der schönsten Städte der Welt weilen, macht sich Watson Sorgen um seinen Freund, denn Sherlock langweilt sich zu Tode – und das ist für einen derart genialen Geist nahezu tödlich. Er sehnt sich nach einer geistigen Herausforderung, die ihm prompt an der Hotel-Rezeption in Form eines Briefes überreicht wird.

Hallo Holmes!
Wie ich hörte, grämen Sie sich,
denn kein Mord liegt auf Ihrem Tisch.
Mit einem solchen kann ich nicht dienen,
doch ein anderes Verbrechen schenke ich Ihnen.

Das Café Belvedere empfehle ich immer
besonderen Freunden für ein köstliches Dinner.
Im historischen Ambiente speist es sich gut,
doch für das wahre Baiser brauchen Sie Mut.

Das Schaumgebäck ist über 100 Jahre alt.
Haben Sie es gefunden, gebrauchen Sie Gewalt!
Oberflächlich bleibt die Botschaft verwehrt.
Doch nun habe ich genug erklärt.

Genießen Sie die Wiener Kaffeehaus-Kultur!
Und lösen Sie das Rätsel »Ja, was meine ich nur?«!

Ergebenst, Ihr Professor Moriarty

Watson überlegt: »Ich glaube nicht, dass Moriarty uns zu einer Tasse Kaffee animieren möchte. Das Belvedere ist ein weltweit bekanntes Museum, berühmt für seine Gemälde von Gustav Klimt, wie zum Beispiel *Die Sonnenblume*, *Dame in Weiß*, *Der Kuss*, *Adam und Eva* …«

»Ich hoffe, dass Moriarty fair spielt. Sonst werden wir für das, wozu er uns auffordert, lange ins Gefängnis wandern!«

Wovon spricht Holmes?

»Ist der ›Falsche Freund‹ etwa deiner Aufmerksamkeit entgangen?«, fragt Holmes auf dem Weg zum Belvedere. »Ein über 100 Jahre altes Baiser? Dass ich nicht lache. Moriarty war schon mal einfallsreicher bei seinen Rätseln. Interpretiere ich deinen Gesichtsausdruck richtig, dass du keine Ahnung hast, wovon die Rede ist? Dann steht dir eine Überraschung bevor. Sei gewappnet, Watson! Denn wenn ich richtig liege – was ich stark hoffe –, ist Moriarty hier im Museum ein wahrer Geniestreich gelungen, und uns bleibt der Kerker erspart!«

Als der Detektiv mit forschem Schritt das Museum betritt, scheinen seine Zweifel endgültig verschwunden zu sein. Zufrieden grinsend wie eine Katze, die eine Maus gesichtet hat, steuert er auf das berühmteste Gemälde von **Gustav Klimt *Der Kuss*** zu, zückt ein Klappmesser und schneidet – unter den Augen der entsetzten Besucher – das Bild aus seinem Rahmen heraus. Und das ist bei einer Größe von 180 x 180 cm gar nicht so leicht.

»Sherlock, bist du verrückt geworden?«, schreit Watson, doch es ist schon zu spät. Holmes löst das Gemälde von seinem Untergrund ab – und siehe da, eine Botschaft Moriartys kommt zum Vorschein.

Natürlich steht »Baiser« nicht für das Schaumgebäck, sondern für das französische Wort »Kuss«. Sie haben Mut bewiesen, das unersetzliche Gemälde zu zerstören – auf den bloßen Verdacht hin, dass es eine Fälschung sein könnte. Respekt! Doch nun kommen wir zu der Frage aller Fragen: Wo ist das Original? Ich schlage vor, Sie trinken erst einmal im Parterre des Cafés ein Glas Wein. Doch Holmes, ordnen Sie vorher nicht nur Ihre Gedanken, sonst ist das Werk für immer zerstört! M.

MIT RUHIGER HAND

»Aber Sherlock, wie kommst du denn nun schon wieder auf Wiener Prater und Pfeilwerfen?«, fragt Watson irritiert, während er versucht, mit Holmes Schritt zu halten.

»**PARTERRE** und **WEIN** sind **Anagramme** des Begriffs **WIENER PRATER**, das solltest du längst erkannt haben«, meint Holmes mit tadelndem Blick. »Und die Bedeutung der Pfeile ist ja wohl offensichtlich! Nicht? Du siehst, aber du beobachtest nicht, Watson.«

40 Minuten später stehen sie vor der Pfeilwurfbude des berühmten Vergnügungsparks. Auf den bunten Luftballons an der Wand sind Symbole aufgemalt. Der Budenbesitzer reicht Holmes fünf Pfeile und sagt: »Sie müssen den Künstler auslöschen, um sein Werk zu retten!«

Auf welche Ballons zielt Holmes?

Sherlock Holmes wirft einen konzentrierten Blick auf die Luftballons und zielt mit ruhiger Hand zunächst auf den Luftballon mit dem **Känguru**, dann folgen **Löwe**, **Igel**, **Möwe** und **Tintenfisch**.

Leise lachend applaudiert der Budenbesitzer und dreht mit den Worten »Sie machen Ihrem Namen alle Ehre, Mister Holmes!« die Wand mit den restlichen Ballons um. Zum Vorschein kommt Klimts Gemälde *Der Kuss*. Als Holmes es vorsichtig abnimmt, sieht Watson, warum das Gemälde sonst zerstört worden wäre: Hätte er die falschen Ballons gewählt oder daneben geworfen, hätten die Pfeile kleine Sprengfallen ausgelöst und das Bild wäre zerstört worden. Der Budenbesitzer hat sich währenddessen aus dem Staub gemacht.

Nachdem Holmes und Watson das Gemälde wieder an seinen Platz im Museum gehängt haben, fragt Watson: »Woher wusstest du, welche Ballons zu treffen waren?«

Daraufhin antwortet Holmes selbstbewusst: »Es ist meine Aufgabe zu erkennen, was andere Leute nicht sehen. Aber wenn du schon fragst ... Ich habe **die Ballons getroffen, auf denen Tiere abgebildet sind, die mit den Buchstaben KLIMT beginnen.**«

»Wenn man es weiß, ist es ganz einfach!«, sagt Watson zufrieden und marschiert Richtung Café, um endlich die Wiener Kaffeehaus-Kultur am eigenen Leibe zu testen. Ein weiteres Mal stellt er fest: Abenteuer machen hungrig!

DIE »WELTMASCHINE« CERN

»Mir war nicht bewusst, Holmes, dass du dich für Teilchenphysik interessierst«, sagt Watson, als sie sich die Besucherausweise des Forschungszentrums CERN (Conseil Européen pour la Recherche Nucléaire) anstecken. Bevor Holmes antworten kann, kommt ein besorgt dreinblickender Mann auf sie zugelaufen: »Dem Himmel sei Dank, dass Sie so schnell hier sein konnten. Wie ich schon am Telefon erwähnte, führen wir gerade an dem 27 Kilometer langen Beschleunigerring des Large Hadron Collider Experimente durch, bei denen Protonen zur Kollision gebracht werden. Wir können die Anlage nicht mehr herunterfahren, da die Kontrolle über den LHC mit einem Passwort verschlüsselt wurde. Wir sind schon längst im roten Bereich und es ist nicht absehbar, was geschieht, wenn wir keinen Shutdown durchführen können.«

Leichte Panik schleicht sich in die Stimme des Wissenschaftlers. »Der einzige Lichtblick ist, dass wir den Täter kennen. Es ist Tom Hindsley, dem gerade erst gekündigt wurde. Er hat eine verschlüsselte Nachricht hinterlassen, doch wir können sie nicht dechiffrieren. Nur ›Astro‹ ergibt Sinn, denn das ist Toms Spitzname, weil er so verrückt ist nach allem, was mit Astronomie zu tun hat.«

> Sd Trowsap Teual Kcolehs Semlh.
> Astro

Fünf Minuten später ist der LHC im grünen Bereich.

»Wie hat Sherlock das nun schon wieder hinbekommen?«, denkt sich Watson im Stillen.

»Nichts leichter als das!«, beantwortet Holmes Watsons leise Frage, wobei er sich des großen Publikums durchaus bewusst ist. Sämtliche Wissenschaftler im CERN-Kontrollraum hängen geradezu an seinen Lippen.

»Darf ich davon ausgehen, dass Tom Hindsley nicht nur von der Astronomie besessen ist, sondern auch ein großer Fan von Kriminalromanen und Detektivgeschichten ist?«

»Woher wissen Sie das?«, fragt eine Frau vollkommen perplex. »Tom ist tatsächlich ein begeisterter Anhänger Ihres Blogs, Dr. Watson. Sobald Sie einen neuen Fall online gestellt haben, war Tom erst wieder ansprechbar, wenn er alles gelesen hat. Besonders, seitdem Sie weltweit Abenteuer erleben, hat er von nichts anderem mehr gesprochen. Er konnte einem mit seiner Begeisterung manchmal ganz schön auf die Nerven gehen, das kann ich Ihnen versichern!«

»Das erklärt alles!«, meint Holmes. »Das Passwort lautet nämlich **SHERLOCK HOLMES**! Mister Hindsley hat ganz einfach den Satz DAS PASSWORT LAUTET SHERLOCK HOLMES rückwärts geschrieben und die Buchstaben seines Spitznamens ASTRO entfernt. Auf so eine Idee muss man erst einmal kommen!«

Sd Trowsap Teual Kcolehs Semlh.
Astro
Das Passwort lautet Sherlock Holmes.

UTRECHT UND SEINE GRACHTEN

»Deiche, Windmühlen, Grachten, Strände – was für ein herrliches Land!«, sagt Holmes euphorisch zu einer jungen Frau, die an der Reling der Fähre steht, um eigentlich entspannt den Anblick der näherkommenden Insel Texel zu genießen. »Wussten Sie«, fährt er fort, »dass etwa die Hälfte der Niederlande nur knapp einen Meter über dem Meeresspiegel liegt? Kein Wunder, dass König Willem-Alexander sich so intensiv der Thematik Wassermanagement widmet.«

Sherlock Holmes mag ein Meister der Deduktion sein und im Handumdrehen die kniffligsten Kriminalfälle lösen, doch ein Gespür dafür, wann er Menschen auf die Nerven geht, hat er wohl eher nicht. Dieser Gedanke geht Dr. Watson durch den Kopf, als er den verärgerten Gesichtsausdruck der Frau sieht. Also beschließt er, Holmes mit einem kleinen Rätsel abzulenken, sodass sich die Dame unbemerkt entfernen kann.

»Sherlock, zuletzt ist mir ein kleines Rätsel zu Ohren gekommen. Folgendes: Weil dieses wunderschöne Land so flach ist, lieben die meisten Niederländer ihre Fahrräder. Einst wollten der König Willem-Alexander und seine Tochter Ariane mit ihren Fahrrädern eine Gracht in Utrecht überqueren, doch die dortigen Boote können nur jeweils eine Person und ein Fahrrad gleichzeitig an das andere Ufer bringen. Ansonsten würde das Boot sinken.

Wie schaffen es Vater und Tochter dennoch, gleichzeitig das andere Ufer zu erreichen?«

Irritiert schaut Sherlock Holmes der jungen Dame nach, die Watson einen dankbaren Blick zuwirft.

»Watson – hast du soeben vollkommen uncharmant mein Gespräch mit der jungen Dame beendet? Was sage ich immer? Bildung endet niemals. Sie ist eine Abfolge von Lektionen, von denen die letzte die größte ist.«

»Und sagst du nicht auch immer, dass es nichts Trügerisches gibt als eine offensichtliche Tatsache?«, antwortet Watson schlagfertig. »Du hast die junge Dame mit deinen Lektionen zu Tode gelangweilt. Hast du das nicht bemerkt? Doch sag, wie sieht es mit der Lösung meines kleinen Rätsels aus?«

»Du willst mich doch nicht etwa beleidigen?«, fragt Holmes und marschiert mit erhobenem Haupt Richtung Heck. Seufzend betrachtet Watson die Insel Texel. Ob Holmes an des Rätsels Lösung, dass **Vater und Tochter jeweils am gegenüberliegenden Ufer stehen und unterschiedliche Boote nehmen**, gedacht hatte?

Zwei Tage bleiben Holmes und Watson auf Texel. Entspannende Tage – laut Watson. Unerträgliche Langeweile – laut Holmes, der froh ist, als es Richtung Köln geht ...

MORD IN DER DOMSTADT

»Mister Holmes, da Sie zurzeit in Köln residieren, möchte ich Sie bitten, sich einen Fall anzusehen. Es geht um den Mord an Annika Schmidthausen.« Der Hauptkommissar drückt dem Detektiv einen dicken Ordner in die Hand. »Auf den beiden beigefügten Karten stehen sämtliche relevanten Informationen. Wir haben vier Verdächtige, die bereits ausführlich befragt wurden ...«

John Hamshaw (geb. 1980, Dover, 164 cm, gesch.)
»Hier ist der Beweis: Ich habe um 19.30 Uhr ein Selfie auf der Deutzer Brücke und danach einen Spaziergang mit meinem Hund entlang des Rheinufers bis zur Südbrücke gemacht. Das hatte ich meiner Ex-Frau versprochen. Zeugen dafür habe ich nicht.«

Nicole Schlüntz (geb. 1988, Köln, 175 cm, verh.)
»Ich habe gegen 18.00 Uhr meinen Vater im Eduardus-Krankenhaus besucht. Um 20.00 Uhr war ich auf den Poller Wiesen, weil dort eine Aktion des Porzer Pferdemarktes stattfand: Ich liebe Ponyreiten.«

Uwe Schäfer (geb. 1974, Bonn, 183 cm, verh.)
»Ich war am Tag der offenen Tür im Zoo, und zwar von 10.00 bis 19.00 Uhr. Danach habe ich an der Abendführung teilgenommen. Ich bin leidenschaftlicher Hobby-Fotograf und habe etliche Fotos gemacht. Ein Foto von mir wurde sogar am nächsten Tag im Boten abgedruckt. Das können Sie gerne überprüfen.«

Viktor Parzons (geb. 1981, Hamburg, 192 cm, ledig)
„Ich war bis am späten Abend zu Hause – ich wohne in der Südstadt. Gegen 21.00 Uhr bin ich kurz zum Rhein runtergelaufen, Zigaretten holen. Zeugen habe ich dafür leider nicht. Eigentlich wollte ich mich auf der Vernissage mit meiner Freundin treffen, doch die Eröffnung ist auf Montag verschoben worden."

BITTE UMDREHEN!

KB KÖLNER BOTE

Gut informiert durch die Woche!

Funkenmariechen brutal ermordet!

Die Polizei bittet um Ihre Mithilfe!

Am gestrigen Abend, den 27. Juni 2021, wurde Annika Schmidthausen, die auch über die Kölner Stadtgrenzen hinaus bekannt ist als Funkenmariechen im Kölner Karneval, tot aus dem Rhein gezogen. Ersten Ermittlungen zufolge wurde die 27-Jährige mit einem runden Gegenstand tödlich am Kopf verletzt und dann von der Deutzer Brücke in den Rhein geworfen.

Leserfoto der Woche

Dieses Foto der beliebten Kölner Heinzelmännchen stammt von Uwe Schäfer, der laut eigener Aussage seinem Hobby der Fotografie auch gestern am »Tag der offenen Tür« im Kölner Zoo nachging.

CSD findet wie geplant statt!

Der Christopher Street Day findet trotz der zu erwartenden Unwetter wie geplant statt. Unter dem Motto **»Regenbogen, Weltoffenheit & Toleranz«** ziehen am 2. bis 4. Juli auch in diesem Jahr wieder Lesben, Schwule, Bisexuelle und Transgender im Rahmen eines fröhlichen Zuges durch die Straßen der Domstadt.

ÜBERPRÜFUNG SMARTPHONE: 0151-97867564

Name: Hamshaw, John

0048-649 32017

0511-563920

0211-65107493

ÜBERPRÜFUNG SMARTPHONE: 0163-142345671

Name: Parzons, Viktor

0211-517066

02641-342999

0211-893410

ÜBERPRÜFUNG SMARTPHONE: 0171-329045123

Name: Schlüntz, Nicole

0163-49638921

0211-7864219

0711-38201450

ÜBERPRÜFUNG SMARTPHONE: 0163-49638921

Name: Schäfer, Uwe

0171-329045123

0221-451085006

080-430138

Opfer **Obduktionsbericht**

Name: Schmidthausen Vorname: Annika

Geburtsdatum: 25.01.1994 Geburtsort: Köln

Zeitpunkt des Todes: 27.06.2021, 18-21 Uhr

Todesort: wahrsch. Deutzer Brücke, Köln

Fundort: Höhe Zoobrücke, linksrheinisch

Todesursache: Schädel-Hirn-Trauma aufg. stumpfer Gewalteinwirkung linksseitig Höhe Schläfe. Täter wahrsch. Rechtshänder und wesentlich größer als Opfer. Tatwaffe runder Stab, Ø ca. 5 cm. Opfer in 9. Schwangerschaftswoche. Körpergröße: 169 cm.

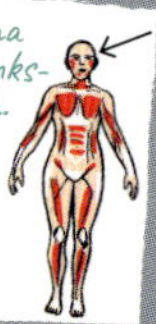

- [ ] Natürlicher Todesfall
- [x] Nicht-natürlicher Todesfall
- [ ] Unklarer Todesfall

Ort: Köln

Datum: 28.06.2021

Unterschrift: Dr. Haus

BITTE NÄCHSTE KARTE NEHMEN!

Montag, 28. Juni 2021
74. Jahrgang

VERANSTALTUNGEN

Porzer Pferdemarkt
Sa, 26.06.2021, 18 Uhr
und Di, 29. Juni 2021, 14 Uhr

Vernissage »Der Rhein«
Terminverschiebung
Mo, 28.06.2021, 21 Uhr
(statt So, 27.06., 18 Uhr)

Zoo: Tag der offenen Tür
So, 27.06.2021, 10–19 Uhr, daher
Mo Öffnung erst ab 12 Uhr

KLEINANZEIGEN

Haushaltshilfe gesucht! Täglich von 9–12 Uhr. Nichtraucher erwünscht! Bitte melden bei Viktor Parzons unter 0151-10293847.

Fiat 500 zu verkaufen! Bj. 2016, gehobene Ausstattung, 112 PS, leichter Front-Schaden

Hund entlaufen! Labrador-Hündin Mika (6 Jahre) entlaufen.

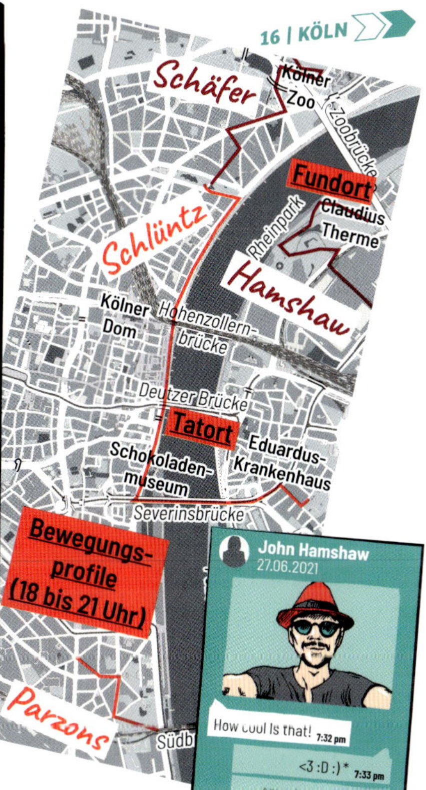

Vollsperrung Deutzer Brücke
vom 25.06.21, 5.00 Uhr
bis 27.06.21, 20.00 Uhr

ACHTUNG!
Die Abendführung des Kölner Zoos um ~~19:00~~ Uhr fällt am Sonntag aus!

Zu welcher Erkenntnis kommen Holmes und Watson?

Im Büro des Kölner Kommissariats erläutert Sherlock Holmes ihre Schlussfolgerungen:

»Ich vermute, **Nicole Schlüntz** und **Uwe Schäfer** haben ein Verhältnis, von dem die jeweiligen Ehepartner nichts wissen dürfen. Ich darf Ihre Aufmerksamkeit auf die Überprüfung der Smartphones richten: Sie standen in Kontakt. Und laut Bewegungsprofile ihrer Smartphones trafen sich die beiden in einem kleinen Park in der Kölner Innenstadt.

John Hamshaw wollte sicherlich mit dem angeblichen Foto auf der Deutzer Brücke, die übrigens gesperrt war, die Tatsache verschleiern, dass er an diesem Abend mitnichten einen langen Spaziergang mit seinem Hund gemacht hat, wie er seiner Ex-Frau versprochen hatte. Laut Bewegungsprofil ist er mit dem Auto zum Rheinpark gefahren und hat dort die Claudius-Therme besucht. Wahrscheinlich hat er seinen Hund draußen angebunden – und der ist ihm dann entlaufen. Zudem scheidet Hamshaw aufgrund seiner Körpergröße als Täter aus. Das Mordopfer war 1,69 Meter groß und laut Obduktionsbericht sollte der Täter wesentlich größer sein.

Viktor Parzons Bewegungsprofil scheint seine Aussage zu bestätigen, aber – er besitzt ein **zweites Handy,** was wir der Anzeige, in der er eine Haushaltshilfe sucht, entnehmen können. Zudem erwartet er von dieser Hilfe ausdrücklich, dass sie Nichtraucherin ist. Für jemanden, der abends Zigaretten holen geht und somit **angeblich Raucher** ist, sehr ungewöhnlich. Parzons hat eine Größe von 1,92 Meter. Ich vermute, wenn die Polizei nachforscht, wird herauskommen, dass er mit der Ermordeten eine Affäre hatte und sie ungeplant von ihm schwanger wurde.«

TERRORWARNUNG IN SEVILLA

Als Holmes und Watson Sevilla einen Besuch abstatten, um das 2011 fertiggestellte Wahrzeichen Metropol Parasol – Spitzname ›Die Pilze‹ – zu besichtigen, wird der Detektiv am Bahnhof von einem aufgeregten Commissario empfangen: »Señor Holmes, unsere Geheimagentin Da Silva hatte sich in eine terroristische Gruppierung eingeschleust, die vermutlich heute einen Anschlag in unserer Stadt plant. Doch Da Silva wurde gestern in der Kita ihrer Tochter ermordet aufgefunden. Hier ein Foto des Tatorts. Wir müssen herausfinden, wo der Anschlag stattfinden soll! Vielleicht konnte sie einen Hinweis verstecken?«

Wo fahren Watson und Holmes als Nächstes hin?

Holmes wirft nur kurz einen Blick auf das Tatortfoto, da ruft er auch schon Dr. Watson zu: »So hatte ich mir zwar die Besichtigung des **Metropol Parasol** nicht vorgestellt, doch das Bombenentschärfungsteam soll sich unverzüglich auf den Weg dorthin machen. Agentin Da Silva hatte trotz ihrer tödlichen Verletzung noch die Kraft, einen **Hinweis auf den Anschlagsort mithilfe der Pentomino-Kästchen auf der Magnettafel** zu geben, und zwar so, dass ihre Mörder das nicht bemerkt hätten.«

Während bereits zwei Minuten später Sirenen in der ganzen Stadt zu hören sind, betrachtet Dr. Watson erstaunt das Foto. »Sag mal, Sherlock, ich weiß zwar, dass Pentominos aus jeweils fünf gleich großen Quadraten bestehen, doch eine Warnung kann ich nicht erkennen.«

Daraufhin zeichnet Holmes geschwind die Lösung auf und sagt: »Noch Fragen?«

Tatsächlich entdecken die Polizisten in dem bekannten Wahrzeichen eine Bombe, die das gesamte Stadtviertel in Schutt und Asche gelegt hätte. Der Timer hat noch 14:30 Minuten angezeigt. Ohne Da Silvas Hinweis und Holmes' Genialität wäre diese Bombe niemals rechtzeitig gefunden worden.

»Wenn unser Ausflugsziel nun erst mal gesperrt ist, können wir auch weiterreisen«, seufzt Holmes. »Bestimmt gibt es auch anderswo nette Gesetzeshüter, die uns vom Sightseeing abhalten wollen.«

Watson schmunzelt: »Tja, unser Ruf eilt uns eben voraus ...«

EL GORDO: LOTERÍA DE NAVIDAD

Der spanische Ministerpräsident empfängt Holmes und Watson mit besorgtem Blick am Hafen von Valencia: »Ich danke Ihnen für Ihr Kommen! Zu Ihrer Info: Bei der Weihnachtslotterie El Gordo teilen sich auch ganze Dörfer eine Losnummer. Nael Rodriguez hätte letztes Jahr eigentlich an dem Gewinn in seinem 70-Seelen-Dorf teilhaben müssen, doch die Mädchen, die allen Dorfbewohnern Lose verkauft hatten, haben sein Haus schlichtweg übersehen. Rodriguez ist dadurch ein Gewinn von einer Million Euro entgangen. Gerade zu El Gordo sind Glückskekse beliebt, die ›Gewinnzahlen‹ enthalten. Rodriguez arbeitet im Hafen bei der Transportfirma, die die Kekse dieses Jahr verschifft. Er sagt, er habe die Ladungen der Container teilweise vergiftet, weil er seinen Gewinn haben will! Doch er wolle uns eine faire Chance geben. Daher habe er eine bestimmte Systematik eingehalten, die sich an den Postleitzahlen orientiert. Das Fatale an der Situation: Die Schiffe sind bereits auf hoher See. Wenn Sie uns nicht helfen, müssen wir landesweit vor dem Verzehr aller Glückskekse warnen und die gesamten Ladungen vernichten! Rodriguez' Tipp war ›Malen nach Zahlen‹, als er uns diese Liste zugeschickt hat. Wir sind ratlos …«

VERGIFTET!
08001 (Provinz Barcelona)
04000 (Provinz Almería)
38460 (Santa Cruz de Tenerife)
43080 (Provinz Tarragona)
30008 (Provinz Murcia)
… ?

NICHT VERGIFTET!
38329 (Santa Cruz de Tenerife)
11008 (Provinz Cádiz)
35018 (Provinz Las Palmas)
29003 (Provinz Málaga)
46021 (Provinz Valencia)
… ?

Welche Idee hat Holmes beim Anblick der Zahlen?

»Der Ministerpräsident hat dir seinen ewigen Dank versichert und sagte, du könntest dir alles wünschen, was man sich nur vorstellen kann, weil du die spanische Nation vor einer Tragödie gerettet hast ... und du wünschst dir eine andalusische Gazpacho und als Nachtisch eine Pastel del Almendras, einen Mandelkuchen?«, fragt Watson vollkommen irritiert. »Habe ich hier irgendetwas verpasst?«

»Mitnichten, mein Guter«, antwortet Holmes gut gelaunt, während sie die Gran Vía in Madrid entlangschlendern. »Darf ich dich daran erinnern, was du zuletzt erst in deinem Blog geschrieben hast? Ich zitiere: ›Wie alle großen Künstler lebt auch Sherlock Holmes allein um seiner Kunst willen‹.«

»Ja, ja, schon gut«, gibt Watson zu. »Trotzdem – wer sonst wäre auf die geniale Idee gekommen, die **Einschlüsse in den Ziffern zu zählen.** Wusstest du, dass wir als Kinder genau diese Flächen immer ausgemalt haben? Ach – daher der Tipp ›Malen nach Zahlen‹, jetzt verstehe ich es. Bei der 4, 6, 9 und 0 ist es jeweils eine Fläche, bei der 8 sind es zwei Flächen, die vollständig umschlossen sind. Alle Glückskekse, die an die Städte und Gemeinden mit Postleitzahlen wie 08001, 30008 ... verschickt wurden, haben **fünf derartige Flächen** – und sind somit vergiftet. Deshalb konnte man auch alle weiteren Lieferungen in Gebiete mit solch einer Postleitzahl stoppen. Ich hätte gerne das Gesicht von diesem Rodriguez gesehen, als der Ministerpräsident ihm die Lösung übermittelt hat.«

08001 29003

Holmes seufzt: »Wie immer bin ich angesichts deiner Begeisterung überrascht, doch in Wirklichkeit langweile ich mich zu Tode. Wo bleiben die großen Fälle, die meinen Verstand herausfordern?«

WATSON IN HÖCHSTFORM!

»Diese Hitze!«, stöhnt Watson, doch Holmes grinst nur: »Ein paar Minuten Fußmarsch hältst du schon noch durch. Die Aussicht vom Elevador de Santa Justa auf Lissabon wird dich entschädigen.« Plötzlich laufen aus einem Reisebüro zwei maskierte Männer mit einem geknebelten kleinen Jungen davon. Während Holmes die Verfolgung aufnimmt, eilt Watson ins Reisebüro und findet einen blutüberströmten Mann am Boden. Eine Frau aus der Metzgerei nebenan ruft aufgeregt: »Der Junge war Piedros kleiner Álvaro! Ich habe diesem Sturkopf gesagt, er soll das Schutzgeld zahlen! Wo sie den Kleinen wohl hinbringen werden?«

Watson kümmert sich zunächst um den bewusstlosen Schwerverletzten, während die Frau einen Krankenwagen und die Polizei ruft. Als die Polizisten eintreffen, teilt Watson ihnen sogleich den Ort mit, wo sie die Verbrecher wahrscheinlich finden werden.

Woher kennt Watson deren Aufenthaltsort?

»Wusstest du, Sherlock, dass der Elevador de Santa Justa Anfang des 20. Jahrhunderts von einem Schüler Gustave Eiffels erbaut und zunächst mithilfe einer Dampfmaschine betrieben wurde? Der 45 Meter hohe Aufzug, der die Stadtteile Baixa und Chiado verbindet, gilt als außergewöhnliches Wahrzeichen dieser Stadt. Und das mit Recht, wie ich finde. Sieh dir nur diese fantastische Aussicht an!«

»Watson, mir scheint, die Rettung des Kindes hat deine Lebensgeister geweckt. Wie schön, dass wir Vater und Sohn vereinen konnten.«

Bei dem Wort »wir« zieht Watson leicht spöttisch eine Augenbraue hoch. Immerhin hat er – Dr. John Watson – diesen Fall ganz alleine gelöst, während Holmes zu Fuß durch Lissabon jagte. Piedro hatte mitbekommen, dass sich die Gangster am Elevador de Santa Justa, dem **LIFT**, mit ihrem Boss treffen wollten, um das Kind zu übergeben. Mit letzter Kraft hatte Piedro daraufhin mithilfe der Pins die Länder **L**ibyen, **I**sland, **F**rankreich und **T**ürkei auf der Weltkarte markiert, dabei jedoch **auf diesen vier Pins kleine Blutspuren hinterlassen** – und zwar nur auf diesen!

Die Polizei hat die beiden Kindesentführer und den Kopf einer schon lange gesuchten Bande von Schutzgelderpressern am Elevador de Santa Justa überwältigt und Álvaro befreit.

»Fall gelöst!«, denkt Watson zufrieden. Morgen werden sie ihre Weltreise Richtung Budapest fortsetzen. Ein alter Bekannter von Holmes hat um Hilfe gebeten und dabei die Worte »scheinbar aussichtsloser Fall« verwendet – wohl wissend, dass dies Holmes' Neugierde unweigerlich wecken würde.

MÖRDERISCHES STILLLEBEN

»Die Beweislage ist erdrückend«, gibt Professor Miklós' Anwalt zu. »Dennoch bin ich davon überzeugt, dass nicht mein Mandant seinen Vater gestern Abend um 20 Uhr ermordet hat. Ich überreiche Ihnen sämtliches Beweismaterial, vielleicht hat die Polizei etwas übersehen.«

Sherlock blättert die Unterlagen flüchtig durch, wobei sein Blick an einer Postkarte hängenbleibt. »Diese Karte, die gestern zugestellt wurde, ist an eine Amalia adressiert.« »Das ist die Ehefrau meines Mandanten«, antwortet der Anwalt. »Die Karte stammt von einer Freundin namens Onu. Sie wurde allerdings bislang noch nicht vernommen.«

»Wir haben die Mörderin gefunden!«, meint Holmes.

Welche Theorie hat Holmes bezüglich der Karte?

Nachdem Professor Miklós aus der Haft entlassen wurde, lädt er Holmes und Watson zu einer abendlichen Bootsfahrt auf der Donau mit Blick auf die atemberaubende Skyline Budapests ein. »Ich bin Ihnen wirklich dankbar! Obwohl mich die Tat meiner Frau zutiefst betrübt. Wie kamen Sie darauf, dass Amalia die Mörderin ist?«

Holmes nimmt eine Serviette und skizziert die Bestandteile der Karte: »Onu ist kein Name, sondern bedeutet zusammen mit dem vorangestellten Wort *von **o**ben **n**ach **u**nten*. Und wenn Sie die einzelnen Elemente von oben nach unten benennen, erhalten wir **H**imbeeren, **E**feu, **U**hu, **T**rauben, **E**rdbeeren, **A**pfel, **B**uch, **E**feu, **N**elken und **D**achs. Ergibt in Kombination mit der Uhr folgende Botschaft: **HEUTE ABEND 8 UHR**. Ich bin sicher, die Polizei wird sehr schnell ermitteln, wer Ihrer Frau den Auftrag gab, ihren Schwiegervater zu ermorden. Eines muss man dieser Person lassen: Sie hat eine geniale Art der Auftragserteilung ersonnen, sie hat sozusagen eine Kunst daraus gemacht!«

EIN FALL VON SELBSTJUSTIZ

Auf Island werden Holmes und Watson mit einem Verbrechen der besonderen Art konfrontiert: Ein selbsternannter »Richter« rächt Straftaten, die ungesühnt blieben. Er hat vier Kriminelle – Elva, Freyja, Einar und Hallgrim – entlang der berühmten Rundreise Golden Circle versteckt. Ihre Vergehen waren Mord, Diebstahl, Erpressung und Fahrerflucht.

Einer der Täter würde in Reykjavíks Hafen in einem Schiff den Tod finden, der zweite sollte in einem Fass am Wasserfall Gulfoss sterben. Den dritten Verbrecher hatte der »Richter« gefesselt in einer Höhle im Nationalpark Thingvellir an ein Sauerstoffgerät angeschlossen, der vierte Täter war in der Nähe des Geysirs Strokkur bei Eiseskälte in einem Auto gefangen. Der »Richter« gibt Holmes eine Chance: Wenn er anhand von sechs Hinweisen herausfindet, welche Person welches Verbrechen begangen hat und wo sie sich befinden, kommen alle mit dem Leben davon.

1) Der Erpresser befindet sich nicht am Wasserfall.
2) Bei der Frau auf dem Schiff wirkt das Gift nur langsam.
3) Der Mörderin in der Höhle geht allmählich die Luft aus.
4) Einar hat Fahrerflucht begangen.
5) Elva ist seekrank.
6) Der Fahrerflüchtige würde nicht im Auto erfrieren.

	Täter*in	Bestrafung	Tat
REYKJAVÍK			
THINGVELLIR			
STROKKUR			
GULLFOSS			

Was trägt Holmes in die Tabelle ein?

Während Watson, der unbedingt eine traditionelle isländische Speise essen wollte, entsetzt auf den gekochten Schafskopf blickt und mit sich kämpft, ob er nicht auch – wie Holmes – Pönnukökur bestellen soll, sinniert Holmes: »Ich frage mich, was für ein Mensch dieser Richter ist. Ob er zu den Opfern gehört und sich auf diesem Wege rächen will? Ist ihm bewusst, dass er – wäre ich nicht erfolgreich gewesen – ebenfalls zum Mörder geworden wäre?«

Holmes hatte konsequent die sechs Hinweise in eine Tabelle eingetragen und diese per Mail an den »Richter« geschickt, der daraufhin der Polizei mitgeteilt hat, wo die vier zu finden sind.

»Oder ob ›ihr‹ bewusst ist«, sagt Watson, während er sich schnell ein Stück von Holmes' isländischen Crêpes stibitzt. »Es könnte doch auch eine Frau sein.«

»Du hast recht, Watson. Dennoch trägt dieses Verbrechen eher die Handschrift eines Mannes. Übrigens, dein Schafskopf wartet auf dich, sieh nur, wie er dich anblickt ...«

	Täter*in	Bestrafung	Tat
REYKJAVÍK	2) Frau 5) Elva	2) Vergiftung	4) Diebstahl
THINGVELLIR	3) Frau 5) Freyja	3) Erstickungs-tod	3) Mord
STROKKUR	3) Mann 4) Hallgrim	6) Erfrierungs-tod	4) Erpresser
GULLFOSS	3) Mann 4) Einar	6) Im Fass Wasserfall hinab	1) nicht Erpressung (Erpresser = Mann) 4) Fahrerflucht

EIN WAHRHAFT KALTBLÜTIGER MORD

»Wir hätten das Hotel für den Winter buchen sollen«, sagt Watson sichtlich verstimmt. »Da sind wir im Norden Finnlands und können noch nicht einmal Polarlichter sehen.« Sherlock Holmes seufzt: »Genieße doch einfach die wunderbare Stille. Hier kann ich meinen Gedächtnispalast einer längst überfälligen Inventur unterziehen.« Da klopft es an der Tür …

»Mister Holmes, ich bin Kommissar Samu Virtanen. Ich untersuche einen Mord, der sich auf einer kleinen Insel im See Inarijärvi zugetragen hat. Allerdings stehen wir vor einem Rätsel. Das Opfer Mika Korhonen war Mieter eines der wenigen Ferienhäuser dort. Laut Obduktionsbericht wurde die Tat bereits im Januar begangen. Das Kuriose an dem Fall ist, dass er von einem Schneepflug überfahren wurde.«

»Da wir in Finnland sind«, merkt Watson an, »könnte ich mir vorstellen, dass ein Schneepflug nicht zum ersten Mal als Tatwaffe benutzt wurde, oder?«

»Das ist nicht der Punkt, Dr. Watson. Vielmehr bereitet uns Kopfzerbrechen …«

»… dass weder auf der Insel noch im umgebenden Gewässer ein Schneepflug zu finden war«, unterbricht ihn Holmes. »Daher fragen Sie sich, wie dieses Gefährt auf die Insel gelangen konnte, die von keiner Fähre angefahren wird, und wohin es verschwunden ist. Umschreibe ich Ihr Problem korrekt?«

Als der Kommissar nickt, schmunzelt Holmes. Immerhin liegt die Lösung doch klar auf der Hand …

Wie konnte ein Schneepflug auf dieser winzigen Insel zur »Tatwaffe« werden – und dann einfach verschwinden?

Nachdem der Kommissar mit bedröppelter Miene das Zimmer verlassen hat, kann Watson das Kichern nicht länger unterdrücken. »Das war ein Spaß. Das Gesicht von Samu Virtanen werde ich mein Leben lang nicht vergessen!«

»Sei nicht zu streng mit dem Kommissar«, sagt Holmes ungewohnt verständnisvoll. »Hat man das Unmögliche eliminiert, so muss das, was übrig bleibt, mag es noch so unwahrscheinlich erscheinen, die Wahrheit sein. Oder wir halten es wie der deutsche Schriftsteller Gerhart Hauptmann, der schrieb: ›Wer tiefer irrt, der wird auch tiefer weise.‹ Ich könnte mir vorstellen, dass der gute Kommissar sehr schnell über den Namen Mika Korhonen stolpern wird. Meiner Kenntnis nach ist dies vergleichbar mit unserem John Smith – ein äußerst geläufiger, aber nichtssagender Name, der geradezu nach einer falschen Identität schreit. Korhonen hatte sich bestimmt auf dieser Insel vor jemandem versteckt. Vergeblich, wie man sieht!«

»Trotzdem, Sherlock, ist es urkomisch, wenn ein Polizist, der sein ganzes Leben in Finnland verbracht hat, nicht auf die Idee kommt, dass der Täter den **Schneepflug im Winter über den zugefrorenen See auf diese Insel gefahren** hat und nach der Tat einfach wieder zum Festland zurückgekehrt ist. Allerdings – wenn ich es mir recht überlege – ist es schon merkwürdig, dass dies niemandem aufgefallen ist.«

»Nun, mein Bester, die Welt ist voller offensichtlicher Dinge, die niemand zufällig beobachtet. Und nun – wie wäre es mit einem Besuch in einer schönen finnischen Sauna?«

GEISTERJAGD AUF BENGTSKÄR

Nach einer Fahrt durch die Schären kommen Holmes und Watson auf der winzigen finnischen Insel Bengtskär an, um in dem Leuchtturm auf Geisterjagd zu gehen! Doch sie suchen keine richtigen Geister, sondern einen Cyber-Kriminellen mit dem Nicknamen xPOLTERG31ST4. Die finnische Regierung war jüngst mehreren Hacker-Angriffen ausgesetzt, und die Ermittlungen haben hierher geführt. Der alte Leuchtturmwärter Jari Järvinnen – ein Seebär, wie er im Buche steht – führt Holmes und Watson über die Insel.

Gibt es hier einen Hinweis auf den Cyber-Poltergeist?

»Da zahlreiche Schiffe rund um Bengtskär auf Untiefen aufgelaufen waren, hatte man 1906 den 52 Meter hohen Leuchtturm erbaut. 1941 kam es hier zu einer Schlacht zwischen russischen und finnischen Soldaten, daher auch die Einschusslöcher am Gemäuer, die Schützengräben und der Bunker. Seit 1995 dient der Leuchtturm nicht nur der Sicherheit der Schifffahrt, sondern auch dem Tourismus«, liest Watson aus der Broschüre vor, nachdem der Hubschrauber Jari abtransportiert hat.

Holmes und Watson haben sich dazu entschieden, den Frieden und die Einsamkeit auf der Insel noch eine Weile zu genießen. Das Essen war einfach, aber lecker. Zwischen den Saunagängen sind sie in die eiskalte Ostsee gesprungen, und der fantastische Blick vom Turm in den Abendhimmel hat selbst den sonst so unruhigen Detektiv milde gestimmt.

»Mein lieber Watson, lass es dir von jemandem gesagt sein, der sich auskennt: Das war ein Meisterstück von dir!«, sagt Holmes ohne eine Spur von Missgunst in der Stimme. »Ich muss gestehen, dass ich mich von Jaris harmlosem Aussehen und dem – zugegeben gekonnt vorgetragenen – Seemannsgarn habe täuschen lassen. Das **Tattoo der Kreiszahl π** auf seinem Hals ist mir entgangen. Dabei war ich es doch, der dich auf die Zahl **π – also 3,14 – im Namen des Hackers** aufmerksam gemacht hat.«

Kurz bevor sie gegen Mitternacht einschlafen, fallen ihnen die Einschusslöcher aus dem 2. Weltkrieg in der Tür ihres Zimmers auf. Holmes murmelt im Halbschlaf: »Wie gut, dass Moriarty dieses Fleckchen Erde anscheinend nicht kennt!«

»Und du hast dich gerade erst darüber beklagt, dass dein Leben eine immerwährende Anstrengung ist, dich dem Alltäglichen zu entziehen«, sinniert Watson, während Holmes und er im »Kongelige Slott«, dem königlichen Schloss, in Oslo auf den König höchstpersönlich warten. Als dieser eintrifft, überreicht er ihnen einen Brief, wobei die zitternde Hand seine Erregung offenbart.

»Ihr Professor Moriarty scheint Sie ja regelmäßig herauszufordern. Doch auch wenn Ihnen dieses Verhalten vertraut sein mag, so darf ich Ihnen versichern: Ich bin zutiefst entsetzt, denn dieser Mann bedroht meine Heimatstadt. Und das dulde ich nicht! Erledigen Sie das, Mister Holmes!«

Mit diesen Worten lässt er Holmes und Watson stehen. Die beiden lesen die Botschaft Moriartys:

> Eure Majestät,
>
> da mir in Ihrer Stadt einst bitteres Unrecht zugefügt wurde, habe ich an einem bestimmten Ort in Oslo eine Bombe deponiert, die um 15:42 Uhr explodieren wird. Doch ich bin fair und gebe Ihnen eine Chance: Folgen Sie den Anweisungen, dann erhalten Sie die Nummer des Hauses, in dem sich die Bombe befindet.
>
> Hochachtungsvoll, Prof. Moriarty

»Dieser miese Verbrecher!«, zischt Watson. »Wieso kann er unsere Abwesenheit nicht nutzen, um seinerseits mal Urlaub zu machen?« Doch Holmes hört ihm gar nicht zu, sondern betrachtet die beiden Karten, die bei dieser Botschaft liegen.

BITTE UMDREHEN!

Henrik Ibsens gate
Königliches Schloss
Slottsparken
Henrik Ibsens gate
Kristian IVs gate
Munkedamsveien
Frederiks gate
Frederiks gate
Frederiks gate
Dronning Mauds gate
Olav Vs gate
Olav Vs gate
Studenterlunden
National-theater
Karl Johans gate
Universität
Kristian IVs gate
National-galerie
Stortingsgata
Rathausplatz
Rathaus
Fridtjof-Nansen-Platz
Roald Amund
sens gate
Universitetsgata
Universitetsgata
Spikersuppa
Tordenskiolds gate
Stortingsgata
Karl Johans gate
Kristian IVs gate
Rosenkrantz' gate
Rosenkrantz'
gate
Rosenkrantz'
gate
Rådhusgata
Parlament
Wessels Plass
Nedre Vollgate
Grensen
Akersgata
Akersgata
Akersgata
Christian IVs Glove
Prinsens gate
Karl Johans gate
Regierungs-viertel
Grensen
Kongens gate
Kongens gate
Kongens gate
Karl Johans gate
Møllergata
Møllergata
Prinsens gate
Torggata
Dom-kirche
BITTE NÄCHSTE KARTE NEHMEN!
Karl Joh

1) Genießen Sie von der Uni aus den Blick auf das Schloss, gehen Sie dann nach einer 180-Grad-Drehung auf kürzestem Weg dorthin, wo zwei norwegische Polarforscher aufeinandertreffen. Der eine war als Erster am Südpol, der andere durchquerte Grönland auf Skiern. Doch aufgepasst: Erkunden Sie auf dem Weg dorthin nach der Spikersuppa die Straße 10 m nach links Richtung Rosenkrantz und 10 m nach rechts Richtung Nationaltheater.

2) Marschieren Sie dann einmal um den Grönland-Eroberer herum!

3) Auch von der Nord-Ost-Ecke des Parlaments aus ist das Schloss zu sehen. Zeichnen Sie gedanklich zunächst links von sich einen Punkt! Vollführen Sie erneut eine 180-Grad-Drehung und folgen Sie getreu dem schwedisch-norwegischen König, bis Sie das große Gotteshaus erreichen, um das Sie vollständig herumspazieren sollen.

Wie lautet die gesuchte Hausnummer?

Holmes ist in seinem Element: Die Augen sprühen vor Lebenslust, mit den Armen wedelt er wild in der Luft umher, während er Watson erläutert, wo die Bombe von Moriarty deponiert wurde.

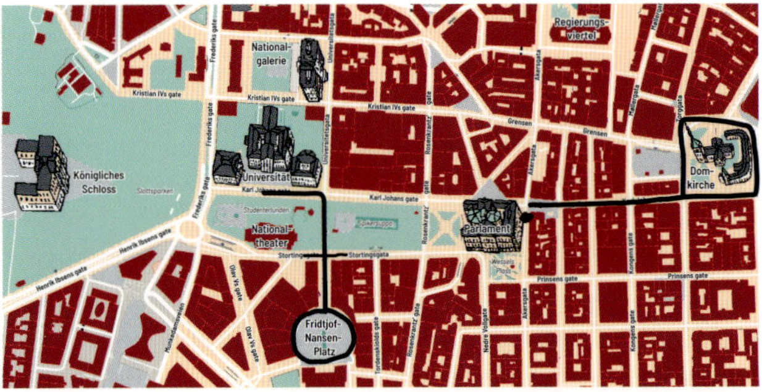

»Sieh nur, Watson, wir folgen den Anweisungen und erhalten so auf dem Stadtplan die **Ziffern 7, 0 und 9**. Lass mich schnell in meiner Navi-App nachsehen ... Oslo, Hausnummer 709 ... Aha, dem guten Professor wurde im Tinghuset – dem Gerichtshof von Oslo – angeblich Unrecht zugefügt. Dort finden wir die Bombe!«

Watsons Magen macht sich lautstark bemerkbar, was ihm einen irritierten Blick von Seiten des deutschen Botschafters einbringt, der sichtlich um Fassung ringt angesichts des Leichnams seiner schönen Frau. Leyla Buchmann liegt vor dem riesigen Buffet, das anlässlich eines Galadinners aufgebaut wurde: Börek mit Hackfleisch, gefüllte Weinblätter, Pide, Bulgursalate – und erst die Desserts! Besonders Künefe, das türkische Engelshaar, zieht Watsons Blicke magisch an.

»Vortrefflich, dass Sie als Gast zugegen waren und den Raum direkt haben abriegeln lassen«, meint die Polizeichefin gerade zu Holmes. »Täter und Tatwaffe müssen sich noch hier befinden. Doch wir haben alles durchsucht – vergeblich!«

Welche außergewöhnliche Entdeckung macht Holmes?

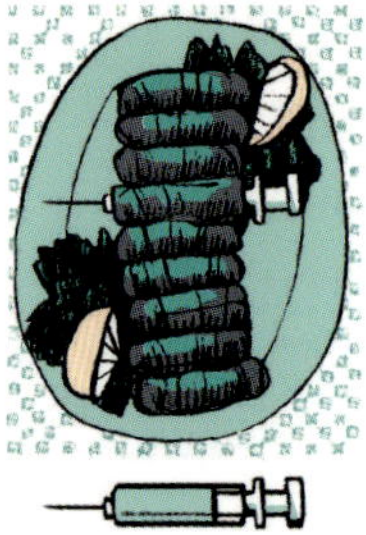

»Du bist wirklich unfassbar, Sherlock!« Watson mustert seinen Freund bewundernd, während er sich gleichzeitig ein Stück Lokum in den Mund steckt und bei dem Geschmack der weichen, klebrigen Süßigkeit genüsslich die Augen schließt. »Bei diesem exotischen Rausch an Farben die winzige **Gift-Spritze in einem gefüllten Weinblatt** zu entdecken. Fantastisch!« Ein gelbes Lokum verschwindet in Watsons Mund.

»Mein lieber Watson, darf ich fragen, wie viel Raki du bereits getrunken hast?«, fragt Holmes amüsiert. »Zudem bin ich mir nicht sicher, ob du nicht gerade Beweismittel verspeist.«

Irritiert verharrt Watson mitten in der Bewegung. »Oh!«, stößt er hervor und sieht sich schnell um, ob ihn jemand beobachtet. »Das war ein Scherz, Watson!«, sagt Holmes. »Dich kann man so leicht aus dem Konzept bringen, dass es mir immer wieder aufs Neue Freude bereitet! Ah, da ist die Polizeichefin. – Nun, hat er ein Geständnis abgelegt?«

Als Holmes den deutschen Botschafter verhaften ließ, hat Watson verständnislos gefragt: »Wie kannst du dir sicher sein, dass er der Täter ist?«

»Ich habe dem Mörder eine Falle gestellt. Erinnerst du dich, dass ich laut in die Runde gerufen habe, ob jemand eine Idee hätte, wo die Tatwaffe zu finden sei? In dem Augenblick hat der Botschafter nervös auf das Buffet geblickt, und zwar in Richtung der türkischen Vorspeisen.«

»Erwischt!«, grinst Watson. Während die Polizeichefin Holmes über das Gift in der Spritze und das Motiv des Botschafters aufklärt, wendet sich Watson dem Engelshaar Künefe zu ...

Watson gähnt herzhaft: »Wollen wir als Ausklang des Tages einen Bummel durch Tallinns Altstadt machen? Sherlock?«

Holmes reicht ihm einen Brief: »Dies habe ich von Taivo zugespielt bekommen, einem alten Bekannten, der für eine hiesige Sicherheitsfirma arbeitet. Sie sollen sicherstellen, dass es beim Bau des geplanten Eisenbahntunnels unter der Ostsee zwischen dem finnischen Helsinki und dem estnischen Tallinn zu keinen Zwischenfällen kommt. Es gibt in Tallinn eine nationalistische Organisation, die den Bau verhindern will. Der Brief ging an verschiedene Mitglieder der Organisation. Weil der Inhalt so gar nicht zu den Zielen dieser Radikalen passt, vermutet Taivo darin versteckte Hinweise. Womit er vollkommen richtig liegt.«

Tere Kadri,
wie du ja weißt, arbeiten Joy und ich schon seit
Längerem an einem Projekt, das beide Länder der
neuen Metropolgegend integriert. Regierungen und
die Wirtschaftsgrößen »Talsinkis« (immerhin ein
halbwegs schlüssiger und cleverer Name für die
Region um das finnische Helsinki und das estnische
Tallinn) sind definitiv Befürworter neuer Ideen. Es ist
uns gelungen, Finanzchefs und Wirtschaftsbosse von
Großunternehmungen zu überzeugen und mit ins
Boot zu holen! Auf finnischer Seite musst du dich daher
mit Aleks Saman Lu in Verbindung setzen, um die
Planung gemeinsamer Aktionen zu besprechen. Unser
Kontakt in Estland ist die Landtagsabgeordnete Rosa
Mileva Kirsipuu. Grüße sie bitte ganz besonders
herzlich von meiner Frau Eva, denn sie kennen sich aus
dem gemeinsamen BWL-Studium in den USA.
Liebe Grüße von deinem Bruder Sam

Welche Botschaft hat Holmes in dem Brief entdeckt?

»Ach, Watson! Das müsstest du eigentlich ohne Umschweife erkennen, denn einen derart gelagerten Fall hatten wir vor ein paar Jahren schon einmal. Solche Briefe habe ich mit Mycroft schon ausgetauscht, da hatte ich noch Win… Nun gut, lassen wir das! Auf jeden Fall konnten wir den **Angriff auf** das geheime Meeting der Investoren, das im **Langen Hermann heute Abend** stattfinden sollte, verhindern.«

»Findest du es nicht merkwürdig, dass diese angeblich so heimatverbundene Organisation nicht davor zurückgeschreckt wäre, den ab 1360 erbauten Turm des Tallinner Schlosses zu zerstören?«, überlegt Watson.

Holmes seufzt: »Hast du jemals erlebt, dass Extremisten Vernunft walten lassen?«

Tere Kadri,
wie du ja weißt, arbeiten Joy und ich schon seit Längerem an einem Projekt, das beide Länder der neuen Metropolgegend integriert. Regierungen und die Wirtschaftsgrößen »Talsinkis« (immerhin ein halbwegs schlüssiger und cleverer Name für die Region um das finnische Helsinki und das estnische Tallinn) sind definitiv Befürworter neuer Ideen. Es ist uns gelungen, Finanzchefs und Wirtschaftsbosse von Großunternehmungen zu überzeugen und mit ins Boot zu holen! Auf finnischer Seite musst du dich daher mit Aleks Saman Lu in Verbindung setzen, um die Planung gemeinsamer Aktionen zu besprechen. Unser Kontakt in Estland ist die Landtagsabgeordnete Rosa Mileva Kirsipuu. Grüße sie bitte ganz besonders herzlich von meiner Frau Eva, denn sie kennen sich aus dem gemeinsamen BWL-Studium in den USA.

Liebe Grüße von deinem Bruder Sam

… WIRST DU VOM TOD ERWARTET

28 | DUSCHANBE

»Auf dem konfiszierten Handy eines Verdächtigen wurden Textnachrichten gefunden. Sie sind verschlüsselt, der Text wird nach einer Minute gelöscht. Das ist die dritte Nachricht und wir konnten von allen Screenshots machen. Sehen Sie …«

BBAQ RCRFOBARVTC FMMABZ * 10. August 1845

MDIBNUHK IZCBM UBLNLIFO * 9. November 1877

UHDVJLKQP HIRJ LYAEOARCM * 27. April 1878

Der tadschikische Geheimagent erklärt weiter: »Es ist uns nicht gelungen, einen Zusammenhang zwischen den Geburtsdaten und den Buchstaben herzustellen. Hätten Sie eine Idee?«

Erfreut reibt sich Sherlock Holmes die Hände: »Es handelt sich um eine Variante der Schlüsselzahl-Geheimschrift, bei der das Geburtsdatum der Schlüssel ist.«

Daraufhin kramt Watson sein Notizbuch hervor: »Ich entsinne mich, Sherlock, diesen Code schon vermerkt zu haben. Warte geschwind …«

Wie lauten die entschlüsselten Textnachrichten?

Watson ist in seinem Element: »Nehmen wir den 10.08.1845, schreiben die verschlüsselte Botschaft darunter und zählen jeweils im Alphabet zurück, erhalten wir den Dichter Abai Qunanbajuly aus Kasachstan, dessen Denkmal in Almaty zerstört wurde – gestern, wenn ich mich recht entsinne.«

```
1008 18451008184 510081
BBAQ RCRFOBARVTC FMMABZ
ABAI QUNANBAJULY ALMATY
```

Auch die beiden anderen Botschaften sind rasch entschlüsselt:

```
09111877 09111 87709111
MDIBNUHK IZCBM UBLNLIFO
MUHAMMAD IQBAL MUENCHEN
```

```
270418782 7041 878270418
UHDVJLKQP HIRJ LBAEOARCM
SADRIDDIN AINI DUSCHANBE
```

Dem pakistanischen Nationaldichter **Muhammad Iqbal**, der sich auch mit Goethe beschäftigt hat, ist in **München** ein Denkmal gesetzt worden. Zu Ehren des nationalen Poeten aus Tadschikistan, **Sadriddin Aini**, hat man in **Duschanbe** ein Mausoleum errichtet. Mithilfe von Watsons Entschlüsselung gelingt es der Geheimpolizei, weitere Anschläge auf Denkmäler zu verhindern.

Watson, dem die Gedichte Qunanbajulys zu gefallen scheinen, liest abends laut vor:

»All mein Hoffen vertan, seine Blätter vergilbt.
Was ich immer erhofft – nichts hat sich erfüllt.

Zu Staub wird jeder – auch wer stolz verharrte.
Nur Flitter bleibt vom Glanz, der ihn heut narrte.

Weißt du denn, was das Morgen dir bereitet?
Kaum auf der Welt, wirst du vom Tod erwartet.«

EIN KÖNIGSKIND HAB ICH VERSTECKT ...

»Das wurde soeben für Sie abgegeben!« Mit diesen Worten überreicht der Portier des Hotels Holmes und Watson ein Päckchen, das in wunderschönes Papier eingewickelt ist und Stockholm aus der Vogelperspektive zeigt.

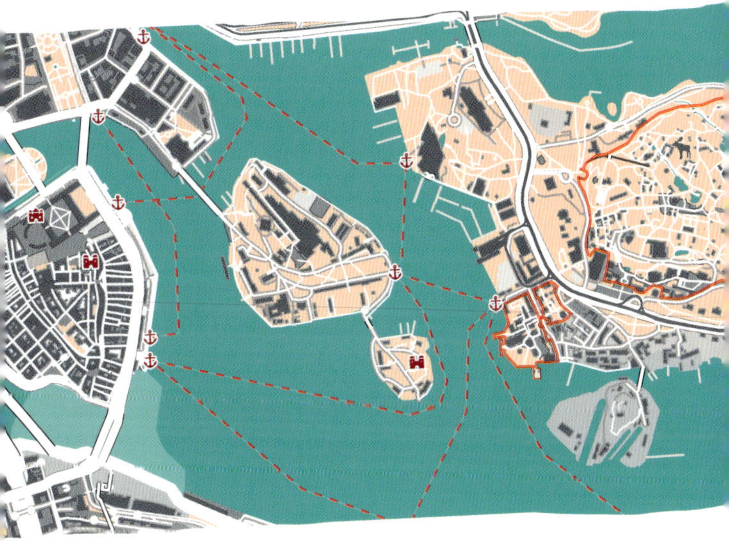

»Da will uns wohl jemand zu einer Sightseeing-Tour animieren«, mutmaßt Watson und strebt Richtung Ausgang.

»Warte!«, ruft Holmes seinem Freund hinterher, wobei die Stimme des Detektivs so alarmiert klingt, dass sich Watson erstaunt umdreht. Holmes hat das Päckchen geöffnet und hält in der Hand eine Karte, auf der ein Gedicht steht.

BITTE UMDREHEN!

In London kennen Sie sich aus,
doch zieht's Sie in die Welt hinaus,
gibt's nicht so schnell Applaus!
Ein Test für Ihren Intellekt:
Ein Königskind hab ich versteckt.
Mal seh'n, wer es zuerst entdeckt.
Zwei Karten brauchen Sie geschwind.
Sie zeigen den Weg zu ihm – dem Kind.
Holmes – viel Spaß, das Spiel beginnt!
Der Weg ist Ihnen vorbestimmt!
Folgen Sie ihm unbedingt,
denn sonst ... stirbt das Königskind.

M.

Sherlock Holmes nimmt zunächst Kontakt zur Stockholmer Polizei auf, um zu erfahren, ob tatsächlich ein Kind der königlichen Familie vermisst wird. Auch in Schweden eilt dem genialen Detektiv aus England sein Ruf voraus, sodass man ihm unverzüglich sämtliche Informationen zukommen lässt – was wenig genug ist, denn die Polizei tappt bezüglich der Kindesentführung im Dunkeln.

Daraufhin sehen sich Holmes und Watson die zweite im Päckchen befindliche Karte an.

BITTE NÄCHSTE KARTE LESEN!

EIN KÖNIGSKIND HAB ICH VERSTECKT ...

30 | STOCKHOLM

»Sehe ich das richtig?«, fragt Watson verärgert. »Moriarty schickt uns von London aus auf eine Schnitzeljagd durch Stockholm – und das anhand von Puzzleteilen? Dafür entführt er ein Kind und bezeichnet das Ganze dann als ›Spiel‹?«

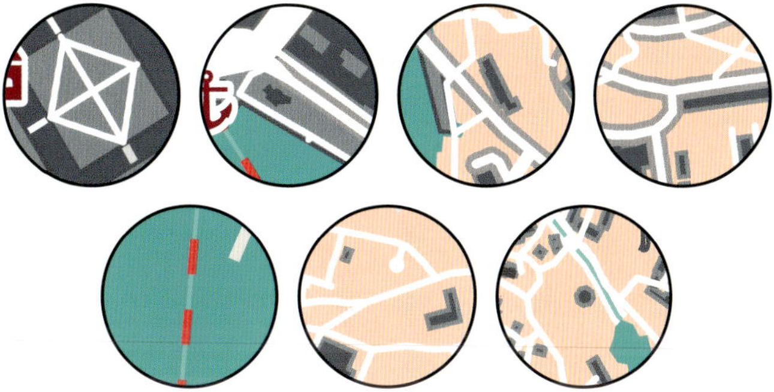

Holmes hingegen scheint sich über die Motive und Wortwahl Moriartys weniger Gedanken zu machen. Der Detektiv betrachtet den Stadtplan und die sieben Karten-Ausschnitte. »Uns steht ein kleiner Fußmarsch bevor«, meint er, woraufhin Watson verdutzt fragt: »Also – rein theoretisch könnten wir doch direkt zu dem Ort gehen, den der letzte Karten-Ausschnitt zeigt, oder nicht?«

»Das wäre keine gute Idee!«, meint Holmes. »Dieser Verbrecher hat mit Bedacht geschrieben ›Der Weg ist Ihnen vorbestimmt! Folgen Sie ihm unbedingt‹. Ich wette, dass Moriartys Komplizen jeden unserer Schritte verfolgen!«

Welcher Weg führt die beiden zu dem entführten Kind?

»Ein Freilichtmuseum mitten in Stockholm, das zudem auf einem Hügel liegt und eine fantastische Aussicht auf die Stadt bietet. Nicht schlecht!«, sagt Holmes begeistert. Watson hingegen würdigt die Umgebung keines Blickes, sondern breitet die Karte aus und fährt mit dem Finger den Weg nach, der sie hierher geführt hat.

»Der erste Karten-Ausschnitt zeigt das **Stockholmer Schloss.** Wir liefen über die Brücke an das **andere Ufer,** vorbei am Nationalmuseum und über die **Skeppsholmsbron,** die Brücke zur Insel Skeppsholmen. Auf der Insel gingen wir an das andere Ufer und setzten mit einem **Boot** über. Der Anlegesteg liegt direkt beim Vasa-Museum, dessen Segelmasten gen Himmel ragen. Dann liefen wir hoch zum **Freilichtmuseum** Skansen.« Watson hält inne und blickt sich fragend um: »Wir stehen an exakt der vorgegebenen Stelle. Und wo ist nun das Kind?«

»Wusstest du nicht, dass Skansen auch einen Tierpark hat?«, fragt Holmes. »Und hast du dich nicht über die Elche auf Moriartys Karte gewundert? Ich wette, wir finden das Kind bei den Elchen.« Und tatsächlich: Als Holmes und Watson zum Elch-Gehege eilen, entdecken sie die verängstigte Kleine in einer Futterscheune.

31 | BRÜSSEL

»Was genau verstehen Sie nicht an meinen Ausführungen? Soll ich langsamer sprechen – oder es Ihnen aufmalen, damit selbst Sie mit Ihrem beschränkten Horizont die Konsequenzen Ihres Handelns verstehen?«

Holmes ist im Laufe des Gesprächs mit dem belgischen Kommissar immer lauter geworden. Wie kann es nur sein, dass dieser, dieser ... Holmes fällt gar kein Wort für so viel Einfältigkeit ein. »Also gut«, sagt er resigniert, »ich versuche es erneut. Dr. John Watson wurde entführt, vor exakt 24 Stunden. Ich soll mich Punkt 15 Uhr hier im Museum in Brüssel einfinden, um Instruktionen zu erhalten, und Sie verwehren mir den Zutritt, weil das ›Museum Of Original Figurines‹ wegen Umbauarbeiten geschlossen ist? Das ist kein Spiel, Monsieur le Commissaire, sondern bitterer Ernst!«

Endlich lässt der Kommissar die Tür zum Museum öffnen und Holmes hastet hinein – keine Sekunde zu früh, denn aus den Lautsprechern ertönen plötzlich die Worte: »Monsieur Sherlock Holmes, ich habe eine Nachricht für Sie erhalten. Sie lautet: 0750 gleich 7.135 mal 17.380.«

Da kommt auch schon die Museumsdirektorin Adrienne Frimout auf sie zu: »Dieser Zettel lag auf meinem Schreibtisch. Sehen Sie ...«

Was macht Sherlock Holmes als Nächstes?

Adrienne, um 15 Uhr bitte unverzüglich Durchsage an Sherlock Holmes tätigen:
0750 = 7135 x 17380

»Ich erkläre es Ihnen nicht noch einmal!«, sagt Holmes und hastet vorbei an riesigen Setzkästen mit blauen Schlümpfen und Figuren aus der Comic-Reihe *Tim und Struppi*. Vor einer *Asterix*-Vitrine bleibt er stehen.

»Ein Seil, ein Seil, ein Seil ...«, murmelt er vor sich hin. »Ha, hab' ich dich!«, ruft er triumphierend, reißt – Adriennes erregte Proteste ignorierend – die Seitenwand der Vitrine heraus, greift nach der Obelix-Figur, die dort an einem Seil hängt, und zieht daran. Zum Vorschein kommt ein Smartphone, das Holmes einschaltet. Prompt taucht eine Textnachricht auf ...

> Ich wusste, dass Sie es schaffen, Holmes. Am Flughafen des Zielortes folgen weitere Instruktionen. Sputen Sie sich! M.

Noch auf dem Weg zur Militärbasis, wo für Holmes ein Hubschrauber startklar gemacht wird, zeichnet er dem Kommissar die Lösung auf mit den Worten: »Einfach auf den Kopf stellen, und schon erhalten wir den Hinweis: **OBELIX SEIL = OSLO**!«

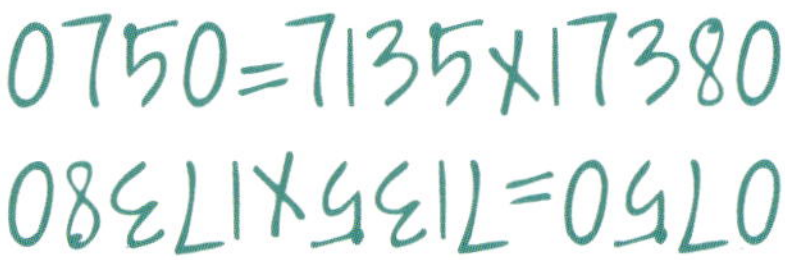

MACHTSPIELCHEN

Als Sherlock Holmes in Oslo landet, vertraut er darauf, dass Moriarty sich meldet. Holmes weiß genau, wie sich dieser Verbrecher zurzeit fühlt. Moriarty hat jeden einzelnen Schritt minutiös geplant. Er hat die absolute Macht, die Kontrolle! Das ist das Wichtigste! Diese »Spielchen« mit seinem Erzfeind Holmes lassen ihn spüren, dass er lebt. Es ist wie ein Fieber, das auch Holmes genau kennt. Wäre Holmes nicht so ein hervorragender Detektiv, gäbe er einen verdammt guten Verbrecher ab!

Als er die Ankunftshalle betritt, steckt ihm ein Junge plötzlich eine Zeitung in die Manteltasche. Eine Art Kreuzworträtsel darin ist rot umrandet. Holmes bleibt abrupt stehen.

Gelingt es Holmes, die schwarzen Felder zu einer sinnvollen Nachricht zusammenzusetzen?

Zehn Minuten später rast Holmes bereits in einem Polizeifahrzeug mit der Aufschrift POLITI durch die Stadt. Natürlich hat man Sherlock Holmes jegliche Unterstützung auf der Suche nach Dr. Watson zugesagt, immerhin hat Holmes vor einigen Wochen in Oslo einen verheerenden Terroranschlag verhindern können!

»Es ist mir eine Ehre, Mister Holmes!«, sagt die Polizistin Jonna. »Und Sie sind sich sicher, dass Moriartys Nachricht **HELLO HOLMES SILO 3130** besagt?«

Daraufhin reicht ihr Holmes die Zeitung mit den Worten: »Sie müssen sich die schwarzen Kästchen **von schräg unten ansehen.**«

»Verblüffend!«, sagt Jonna. »Ich vermute, das besagte Silo befindet sich im Stadtviertel Vulkan hier in Oslo. Es liegt am Rande des Quartiers Grünerløkka, direkt am Ufer des Flusses Akerselva. In Vulkan wurde ein ehemaliges Getreide-Silo in ein Studentenwohnheim umgewandelt. Ziel der Stadtplaner war es, eine Brücke zwischen der Vergangenheit und der Zukunft zu bauen. Altes bleibt erhalten, Neues wird unter Einhaltung ökologischer Gesichtspunkte integriert …«

Jonna redet immer weiter, doch Holmes hört nicht mehr zu. Was ihn wohl in diesem »Studenten-Silo« im Zimmer 3130 erwartet? Hoffentlich ist Watson noch am Leben …

SPURENSUCHE IM STUDENTENWOHNHEIM

»Zimmer 3130. Laut Plan steht es zurzeit leer«, sagt der Hausmeister des Osloer Studentenwohnheims und öffnet die Tür mit einem Generalschlüssel. Voller Hoffnung stürmen Holmes und Jonna in den kleinen Raum, öffnen sämtliche Schränke, kriechen sogar auf dem Boden umher. Doch fünf Minuten später stößt die Polizistin einen frustrierten Seufzer aus, denn sie haben keinen Hinweis auf den Aufenthaltsort des entführten Dr. Watson gefunden. Sogar die Matratze hat sie aufgeschlitzt. Nichts!

Plötzlich stößt der Detektiv einen leisen Schrei aus, schnappt sich ein Blatt Papier aus dem Papierkorb und läuft ins Badezimmer. Warum sich Sherlock Holmes so für ein von Feuchtigkeit gewelltes altes Blatt Papier interessiert, das sicherlich ein Student dort hat liegen lassen, ist Jonna ein Rätsel. Sie wirft einen Blick in den nun leeren Papierkorb, findet dort jedoch nur noch ein kleines Häufchen Asche. Neugierig folgt sie dem Detektiv ins Bad, denn schließlich will sie wissen, welche Spur Sherlock Holmes entdeckt hat.

Stillschweigend beobachtet sie den Detektiv, der …

Ja, was macht Sherlock Holmes wohl?

Sherlock Holmes legt das Blatt Papier in das Waschbecken, das er mit Wasser hat volllaufen lassen. Dabei murmelt er vor sich hin: »Lächerlich! Eine Kinder-Geheimschrift! Wahrscheinlich dachte Moriarty, dass ich genau deshalb daran scheitern würde.«

Jonna kann ihr Unverständnis kaum verbergen: »Mister Holmes, von welcher Geheimschrift sprechen Sie?«

Mit erstauntem Blick dreht sich Holmes zu der jungen Polizistin um: »Sie kennen die **Wasserzeichen-Geheimschrift** nicht? Sie müssen einfach nur ein Blatt Papier nass machen und auf eine glatte Unterlage wie den Schreibtisch legen. Dann legen Sie ein trockenes Blatt darüber und schreiben Ihre Nachricht beispielsweise mit einem Bleistift darauf. Dieses Blatt hat Moriarty natürlich verbrannt – daher die Asche in dem Papierkorb. Die Botschaft auf dem unteren getrockneten Blatt Papier kann wieder sichtbar gemacht werden, indem man es einfach in Wasser taucht. Et voilà!«

Mit diesen Worten hält Holmes das nasse Papier in die Höhe und zu Jonnas Erstaunen kann man deutlich eine Nachricht entziffern, die von einer krakeligen Linie umgeben ist.

»Aber …«, sagt Jonna irritiert, »da steht nichts über Dr. Watsons Aufenthaltsort. Wie wollen Sie denn Ihren Freund finden, Mister Holmes?«

»Kommen Sie mit«, ruft Holmes, der schon den Gang entlangeilt. »Ich erkläre Ihnen das auf dem Weg zum Flughafen.«

»Schauen Sie, hier ist eine exakte Kopie von Moriartys Botschaft«, sagt die norwegische Polizistin Jonna, die Holmes zum nördlich von Oslo gelegenen Flughafen Gardermoen eskortiert. »Doch woher wissen Sie, wo Sie nach Dr. Watson suchen müssen?«

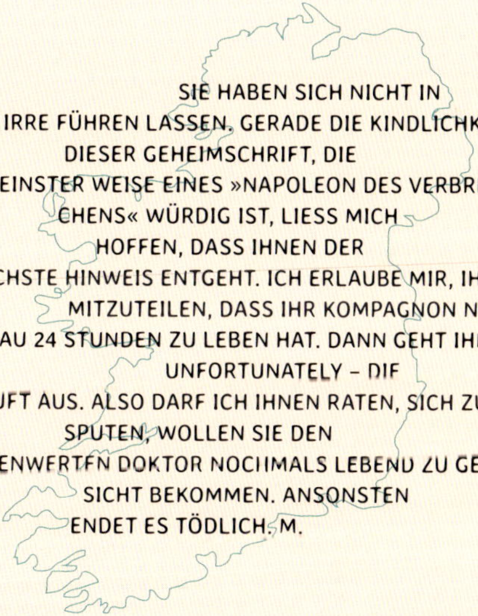

SIE HABEN SICH NICHT IN
DIE IRRE FÜHREN LASSEN, GERADE DIE KINDLICHKEIT
DIESER GEHEIMSCHRIFT, DIE
IN KEINSTER WEISE EINES »NAPOLEON DES VERBRE-
CHENS« WÜRDIG IST, LIESS MICH
HOFFEN, DASS IHNEN DER
NÄCHSTE HINWEIS ENTGEHT. ICH ERLAUBE MIR, IHNEN
MITZUTEILEN, DASS IHR KOMPAGNON NOCH
GENAU 24 STUNDEN ZU LEBEN HAT. DANN GEHT IHM –
UNFORTUNATELY – DIF
LUFT AUS. ALSO DARF ICH IHNEN RATEN, SICH ZU
SPUTEN, WOLLEN SIE DEN
EHRENWFRTFN DOKTOR NOCIIMALS LEBENU ZU GE-
SICHT BEKOMMEN. ANSONSTEN
ENDET ES TÖDLICH. M.

Sherlock Holmes hat der Wasserzeichen-Botschaft zwei Hinweise entnommen, die Jonna anscheinend nicht erkennt. Worum handelt es sich?

Als Sherlock Holmes bereits an Bord des Flugzeuges ist, das ihn zunächst nach London-Stansted bringt, wo er einen Anschlussflug zum Flughafen Kerry nehmen würde, einem kleinen internationalen Verkehrsflughafen im Südwesten Irlands, schaut sich Jonna nochmals Moriartys Nachricht an. Wie kann es sein, dass ihr etwas derart Simples nie im Leben aufgefallen wäre? Sicherlich hat sie sich gewundert, dass dieser Professor die Zeilen so merkwürdig formatiert hat. Doch dass man **von allen links hervorstehenden Zeilen den ersten Buchstaben lesen** muss, wodurch sich der Name der irischen Halbinsel **DINGLE** ergibt, darauf wäre sie nie gekommen. Und was sie als »krakelige Linie« ignoriert hat, stellt den **Umriss Irlands** dar. Macht das einen großen Detektiv aus? Wenn ja, will sie unbedingt so werden wie dieser Sherlock Holmes. Vielleicht kann sie ja einmal ein Praktikum bei ihm absolvieren? Das würde sich super im Lebenslauf machen: Jonna Nielsen, Praktikantin – nein – Assistentin des berühmten englischen Detektivs Sherlock Holmes!

Während Jonna auf der Fahrt ins Osloer Stadtzentrum von ihrer Zukunft als Norwegens berühmteste Detektivin träumt, sitzt Sherlock Holmes im Flugzeug Richtung Dingle, der irischen Halbinsel. Mittlerweile macht sich Holmes ernsthafte Sorgen, denn bislang fehlt jeglicher Hinweis, wo auf Dingle sich Watson aufhält. Als es im Flugzeug still wird, fällt auch Holmes in einen tiefen traumlosen Schlaf ...

EINE GEWAGTE VERMUTUNG

Als Holmes endlich auf dem Kerry Airport landet, mietet er einen Wagen und fährt mit Höchstgeschwindigkeit Richtung Dingle. Eine Stunde später kommt er in dem kleinen Ort Dingle an, parkt am Hafen – und ist ratlos. Erneut sieht er sich die Nachricht Moriartys an. Ist hier ein Hinweis verborgen, der ihm entgangen ist?

SIE HABEN SICH NICHT IN
DIE IRRE FÜHREN LASSEN. GERADE DIE KINDLICHKEIT
DIESER GEHEIMSCHRIFT, DIE
IN KEINSTER WEISE EINES »NAPOLEON DES VERBRE-
CHENS« WÜRDIG IST, LIESS MICH
HOFFEN, DASS IHNEN DER
NÄCHSTE HINWEIS ENTGEHT. ICH ERLAUBE MIR, IHNEN
MITZUTEILEN, DASS IHR KOMPAGNON NOCH
GENAU 24 STUNDEN ZU LEBEN HAT. DANN GEHT IHM –
UNFORTUNATELY – DIE
LUFT AUS. ALSO DARF ICH IHNEN RATEN, SICH ZU
SPUTEN, WOLLEN SIE DEN
EHRENWERTEN DOKTOR NOCHMALS LEBEND ZU GE-
SICHT BEKOMMEN. ANSONSTEN
ENDET ES TÖDLICH. M.

Da erhält er eine Textnachricht, Absender unbekannt:

2-5-1-3-6 4-5-2 7-3-7
7-5-6 8-1-9 8-2-2-3
8-4-1 9-1-2 9-8-4
9-9-1 11-2-3 11-3-2
11-4-2 11-7-5 12-4-1

Warum chartert Holmes direkt ein Boot – und wo fährt er hin?

Keine halbe Stunde später betritt Sherlock Holmes die kleine Insel **GREAT BLASKET ISLAND**, die er per **Buchcode** entschlüsselt hat: Die erste Ziffer gibt die Zeile an, die nächste Ziffer das Wort in dieser Zeile, und die folgenden Ziffern weisen auf die zu wählenden Buchstaben hin.

SIE HABEN SICH NICHT IN
DIE IRRE FÜHREN LASSEN. GERADE DIE KINDLICHKEIT
DIESER GEHEIMSCHRIFT, DIE
IN KEINSTER WEISE EINES »NAPOLEON DES VERBRE-
CHENS« WÜRDIG IST, LIESS MICH
HOFFEN, DASS IHNEN DER
NÄCHSTE HINWEIS ENTGEHT. ICH ERLAUBE MIR, IHNEN
MITZUTEILEN, DASS IHR KOMPAGNON NOCH
GENAU 24 STUNDEN ZU LEBEN HAT. DANN GEHT IHM –
UNFORTUNATELY – DIE
LUFT AUS. ALSO DARF ICH IHNEN RATEN, SICH ZU
SPUTEN, WOLLEN SIE DEN
EHRENWERTEN DOKTOR NOCHMALS LEBEND ZU GE-
SICHT BEKOMMEN. ANSONSTEN
ENDET ES TÖDLICH. M.

Noch während der Bootsfahrt befragte Holmes den Fischer nach den markanten Punkten auf der Insel: Cathedral Rocks, White Strand, **Fatal Cliff** ... Hier horchte Holmes auf: **Tödliches Kliff**? Hatte Moriarty nicht geschrieben **»Ansonsten endet es tödlich«**? Das war eine überaus gewagte Vermutung! Wenn er sich irrte, konnte es für Watson zu spät sein.

Doch er hat richtig vermutet! Sie finden den vor Kälte schlotternden Dr. Watson angekettet an einem Abgrund. Per Zeitschaltuhr wäre das Seil, das Watson vor dem Sturz in die Tiefe bislang bewahrt hat, in wenigen Minuten gekappt worden.

»Also gut, sobald wir in Sankt Petersburg ankommen, gehen wir von Bord und fliegen nach London zurück!«, ruft Holmes genervt und verlässt die Suite. Dr. Watson hat sich auf Dingle eine Bronchitis eingefangen, wodurch ihm die Lust auf Abenteuer gehörig vergangen ist. Zudem macht ihm die Eiseskälte zu schaffen; sogar an der Balkonbrüstung hängen riesige Eiszapfen! Plötzlich fliegt die Kabinentür auf und Holmes kehrt mit glänzenden Augen zurück: »Ein Toter in der Suite nebenan! Der Kapitän bittet um unsere Expertise!«

In der Suite bietet sich ihnen ein Bild des Grauens. Das Opfer liegt auf dem Bett, die Augen weit aufgerissen. In der Hand hält der Tote eine Schnur. Watson untersucht den Leichnam und wendet sich an den Kapitän: »Er wurde erstochen. Der Stich ging mitten ins Herz. Das einzig Ungewöhnliche ist der extreme Blutverlust. Das Hemd des Mannes ist geradezu von Blut durchtränkt. Haben Sie die Tatwaffe gefunden?«

»Die Tatwaffe? Keine Spur!«, meint der Kapitän kopfschüttelnd. »Vielleicht hat der Mörder sie einfach über Bord geworfen? Welch tragisches Schicksal! Baron Fountlairs hat gerade erst seine Frau durch einen mysteriösen Autounfall verloren. Was denken Sie, Mister Holmes, was diese Schnur zu bedeuten hat?«

Zu welcher Schlussfolgerung kommt Holmes bezüglich Tatmotiv und Tatwaffe?

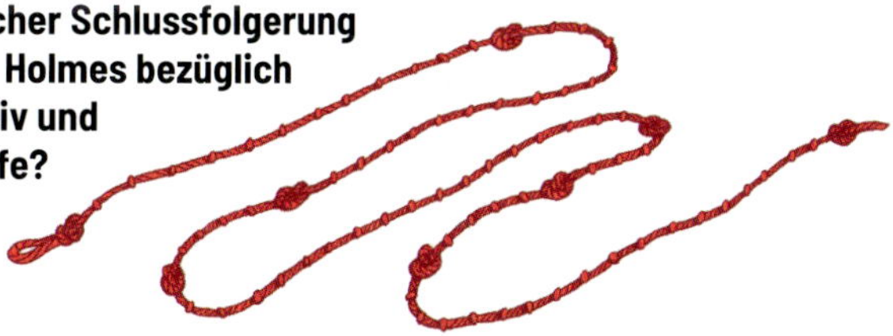

»Welch herrliche Stadt!«, sagt Sherlock, als sie von ihrem Balkon aus die Skyline von Sankt Petersburg am Horizont langsam entschwinden sehen. »Und ich muss sagen, ich bin über deinen Sinneswandel sehr froh, mein lieber Watson.«

»Es geht mir schon wieder etwas besser«, gibt Watson zu. »Aber zu unserem Mord: Ich verstehe nicht, warum du dem Kommissar nicht erklärt hast, wie diese **Knotenschrift** funktioniert. Sicherlich – dieser Polizist war nicht unbedingt der sympathischste seiner Zunft, dennoch …«

»Wie ich stets zu sagen pflege: Ich beanspruche für mich, auf meine eigene Weise vorzugehen und selbst zu bestimmen, wann ich meine Kenntnisse weitergebe.«

»Ich könnte mir vorstellen, dass diese Botschaften normalerweise kaum zu entschlüsseln sind, da man Abstand und Reihenfolge der Buchstaben beliebig festlegen kann«, überlegt Watson. »Unser Täter hat es sich einfach gemacht. Wahrscheinlich wollte er, dass seine Botschaft auf jeden Fall verstanden wird. Ausgehend von dem Knoten mit der Schleife links hat er in regelmäßigen Abständen für jeden Buchstaben kleine Knoten ins Seil gemacht. Der erste kleine Knoten steht für A, der zweite für B und so weiter. Somit steht der erste große Knoten für M. Davon ausgehend ist der nächste Knoten wieder ein A. Und so ergibt sich die Botschaft **MOERDER**! Faszinierend einfach, oder?«

Holmes runzelt überrascht die Stirn: »Und ich hätte gedacht, der **Eiszapfen als Tatwaffe** würde dich viel mehr faszinieren als die Botschaft. Eine Tatwaffe, die einfach schmilzt, ist angetan, mein Herz zu erfreuen! Ich gehe davon aus, dass man den ›Unfall‹ von Baron Fountlairs' Gattin untersuchen und herausfinden wird, dass es Mord war – begangen vom ›trauernden‹ Gatten, der seinerseits nun zur Rechenschaft gezogen wurde.«

DAS MATROSCHKA-DILEMMA

Watson stöhnt: »Sherlock, wir wurden kreuz und quer durch Russland geschickt, um die ersten vier Matroschka-Rätsel zu lösen. Bisher gab es immer klare Anhaltspunkte, wodurch wir die in den Figuren befindlichen Giftgas-Kapseln sicherstellen konnten. Aber dieses Rätsel ist doch ein Witz! ›Betrachtet den Roten Platz!‹ Wie soll uns das den zweistelligen Code verraten? Hier gibt es viel zu viele Farben, zu viele Türmchen, zu viel von allem. Wenn du mich fragst ...«

»Mein lieber Watson, trage es mir nicht nach, doch ich brauche dich nicht zu fragen!«, grinst Sherlock triumphierend. »Ich habe die Lösung soeben entdeckt.«

Wo versteckt sich der Hinweis auf den Code?

Zum Glück ist der Beobachtungsgabe des Detektivs nicht entgangen, dass die **Uhren des Erlöserturms unterschiedliche Uhrzeiten anzeigen**. Diese **30 Minuten** Zeitdifferenz müssen etwas bedeuten. Und tatsächlich: Als Holmes in das Zeitschloss die **Ziffern 3 und 0** eingibt, springt die Matroschka auf, ohne ihren tödlichen Inhalt zu verbreiten.

»Meine Güte, das war Rettung in letzter Sekunde!«, sagt Watson außer Atem. »In jeder dieser Matroschkas war genug Biokampfstoff, um eine ganze Stadt auszulöschen. Wer könnte nur so skrupellos sein? Meinst du, das war wieder Moriarty?«

»Ich denke, das können wir ausschließen, mein Bester. Zum einen ist das nicht sein Stil. Und zum anderen legt Moriarty doch immer allergrößten Wert darauf, uns wissen zu lassen, dass er es ist, der uns gerade herausfordert. Nein, offensichtlich gibt es auch in fernen Ländern skrupellose Unterweltbosse mit einem Hang zu dramatischen Rätseln.«

STAUDAMM IN GEFAHR!

Noch auf dem Weg zum Moskauer Flughafen erhält Holmes einen Anruf der georgischen Präsidentin: »Mister Holmes, ich hörte, Sie befinden sich gerade auf dem Weg nach Tiflis. Ist Ihnen der Enguri-Staudamm ein Begriff?«

»Das ist das gewaltigste Bauwerk im Kaukasus, 750 Meter breit, 272 Meter hoch«, flüstert Watson, der alles verstanden hat, dazwischen – und erntet prompt einen genervten Blick seines Freundes, der einige Worte der Präsidentin verpasst hat.

»... kleine gezielte Sprengungen den Damm in seinen Grundfesten erschüttert. Eine weitere Explosion würde unweigerlich zum Dammbruch führen, was eine Katastrophe wäre. Nun haben sich die Saboteure mit einer verschlüsselten Nachricht an mich gewandt. Doch ich muss gestehen, wir sind ratlos! Können Sie uns helfen, Mister Holmes?«

Kurze Zeit später erhält Holmes ein Foto auf sein Smartphone geschickt. Er betrachtet die merkwürdigen Zeichen, dreht sein Smartphone dann plötzlich auf den Kopf, danach wieder zurück und nach rechts.

Was macht Holmes da nur?

»Wer Guram ist, Mister Holmes?«, fragt die georgische Präsidentin entsetzt. »Das ist der Albtraum jeder vernünftigen Regierung, das kann ich Ihnen versichern. Ein Terrorist, der seinesgleichen sucht: skrupellos, sadistisch, brutal – und seit zwei Jahren Insasse im Hochsicherheitstrakt unseres Gefängnisses. Und Sie sagen, die Nachricht lautet **›LASST GURAM FREI‹**? Oh mein Gott, ich muss mich zur Beratung mit meinen Ministern zurückziehen. Ich melde mich wieder!«

Sherlock Holmes blickt irritiert auf sein Smartphone. Hatte die Präsidentin gerade einfach aufgelegt?

»Sherlock? Du siehst aus, als hättest du ein Gespenst gesehen. Woher kennst du eigentlich diese Geheimschrift? Hat sich der Erpresser nicht verschrieben?«, fragt Watson.

»Mitnichten«, erklärt Holmes. »Woher ich diese Geheimschrift kenne? In den 1930er-Jahren gab es Erzählungen, in denen ein Held namens Shadow die Mächte des Bösen bekämpft. In der Story *Chain of Death* taucht dieser Code das erste Mal auf. Neben **26 Zeichen für die Buchstaben** gibt es **4 Icons, die angeben, wie man die Nachricht zu halten hat**, damit der Text richtig entziffert werden kann. Doch weißt du was, Watson, schau doch mal in deinem kleinen Notizbuch der Geheimschriften nach. Ich bin sicher, du findest den Code dort.«

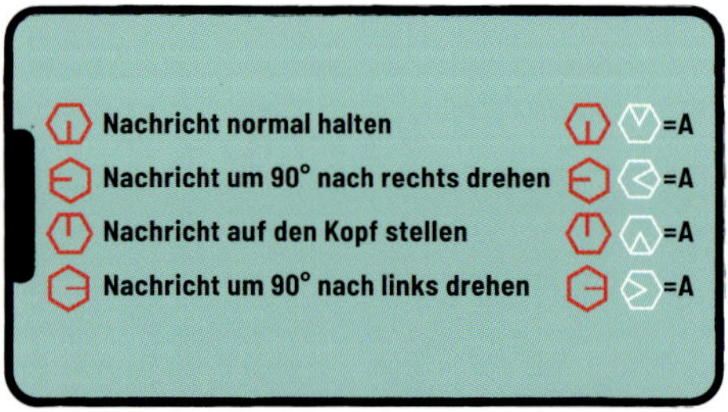

WATSON IST VERSTIMMT

»Kostbare Pelze, exotische Gewürze, edles Porzellan und natürlich die feine Seide, die der historischen Seidenstraße ihren Namen gab, wurden in Samarkand, das im heutigen Usbekistan liegt, gehandelt. Die legendäre Karawanenroute von China Richtung Mitteleuropa ist auch heute noch ein Synonym für grenzüberschreitenden freien Handel und sagenhaften Reichtum.«

Holmes lauscht dem Reiseführer und mustert dabei amüsiert den vor sich hin schnarchenden Watson. Der Detektiv erlaubt sich einen Scherz und ruft plötzlich laut: »Wacht auf! Zum Schlafen haben wir die Ewigkeit!«, woraufhin Watson verdutzt die Augen aufschlägt. »Das ist ein Zitat von Omar Chayyām, einem Sohn der Stadt, wie man so schön sagt. Der Astronom, Mathematiker und Philosoph schrieb am liebsten Vierzeiler. Komm, Watson, schauen wir mal, ob du herausfindest, was Chayyām übersetzt bedeutet.«

Mit diesen Worten kritzelt Holmes ein paar Buchstaben auf einen Zettel.

AFKUNZBIFS

Irritiert wirft Watson einen Blick darauf: »Sherlock, ohne einen kleinen Tipp kann das niemand entschlüsseln.«

Doch Holmes schließt mit den Worten »Mein lieber Watson, jetzt gilt es nachzudenken, nicht zu schwatzen!« einfach die Augen.

Schafft es Dr. Watson, das kleine Rätsel zu lösen?

Noch am nächsten Tag ist Watson verstimmt. Sie hatten die Bibi-Chanum-Moschee, die atemberaubende Sher-Dor-Madrasa, den wunderschönen Registan-Platz und diverse Museen Samarkands besucht – doch Holmes war kein Hinweis auf die Lösung des Rätsels zu entlocken, wodurch Watson die Schönheiten der Stadt nicht recht genießen konnte. Als Watson die Übersetzung von »Chayyām« googeln wollte, zitierte Holmes den persischen Dichter, der im 11. Jahrhundert geboren wurde:

»Von allen, die auf Erden ich gekannt,
ich nur zwei Arten Menschen glücklich fand:
Den, der der Welt Geheimnis tief erforscht,
und den, der nicht ein Wort davon verstand.

Nun, mein lieber Watson, zu welcher Art Mensch möchtest du gehören?«

Abends im Hotel bringt Watson erneut das Gespräch auf das Rätsel, wobei sie von der zehnjährigen Tochter einer amerikanischen Familie, die am Nachbartisch sitzt, neugierig beobachtet werden. Plötzlich sagt das Mädchen: »Ich kenne die Lösung des Rätsels. Das haben wir bei den Pfadfindern gelernt. Sie müssen immer **einen Buchstaben links oder rechts im Alphabet nehmen**. Bei A könnte es das B oder das Z sein. Bei dem F das E oder das G …«

Keine vier Minuten dauert es, da hat das Mädchen **ZELTMACHER** auf ihre Serviette geschrieben. Watson bedankt sich mit hochrotem Kopf, Holmes grinst nur.

SCHATZHAUS DES PHARAOS

Holmes und Watson befinden sich am Rand der sagenumwobenen Felsenstadt Petra. Watson überlegt: »Um zum Schatzhaus des Pharaos zu gelangen, muss man den Siq, eine 1,5 Kilometer lange Felsschlucht, passieren. Schau, Sherlock, das muss die Schatulle sein. Sie ist mit einem Schloss gesichert – war ja klar! Wir brauchen nur zwei Ziffern. Zeig mir noch einmal Moriartys Nachricht, da sollte doch ein Hinweis verborgen sein …«

HOLMES!

NICHT OHNE STOLZ DARF ICH BERICHTEN, DASS ICH DAS RÄTSEL DER SAGENUMWOBENEN FELSENSTADT PETRA GELÖST HABE. DAS SCHATZHAUS DES PHARAOS KHAZNE AL-FIRAUN BIRGT TATSÄCHLICH EINEN SCHATZ, DEN ICH BEREITS GEBORGEN HABE. GNÄDIG GESTIMMT, WERDE ICH IHNEN EINE KOSTBARKEIT ÜBERLASSEN. ES LIEGT IN EINER SCHATULLE IM SIQ, GESICHERT DURCH EIN SCHLOSS. WIR WOLLEN DOCH NICHT, DASS DIESES JUWEL IRGENDWELCHEN DAHERGELAUFENEN TOURISTEN IN DIE HÄNDE FÄLLT. VIELLEICHT NEHMEN SIE JA ZUR ERHEITERUNG DIESE NULL MIT, DIE SIE ALS IHREN FREUND ZU BEZEICHNEN PFLEGEN. SEIEN SIE WENIGSTENS EINS MIT SICH SELBST. HA – STELLEN SIE SICH VOR, WIR HÄTTEN FÜNF SHERLOCKS UND NUR EINEN WATSON. SEHR AMÜSANT, NICHT WAHR? DA HÄTTE ICH WENIGSTENS ENDLICH EINEN WÜRDIGEN GEGNER! M.

Ist tatsächlich ein Hinweis in der Nachricht verborgen?

Während Watson Moriartys Nachricht studiert, hat Sherlock Holmes bereits die **Ziffern 62** eingegeben und die Schatulle geöffnet. In seiner Hand hält er eine uralte Mosaiktafel, für die Lawrence von Arabien, der Petra als »herrlichsten Ort der Welt« bezeichnet hatte, mehr als nur Begeisterung empfunden hätte.

»Wie hast du das denn nun schon wieder gemacht?«, fragt Watson, der vor lauter Ärger über die Bezeichnung als »Null« die Hinweise übersehen hat: **Holmes ist Eins, Watson Null.** Diese Hinweise haben Holmes direkt an den **Binärcode** denken lassen – da hätte er den auffälligen Rahmen aus Nullen und Einsen nicht auch noch gebraucht.

Fünf Einsen und eine Null macht:

111110 → 62

$(1 \times 2^5 + 1 \times 2^4 + 1 \times 2^3 + 1 \times 2^2 + 1 \times 2^1 + 0 \times 2^0$
$= 32 + 16 + 8 + 4 + 2 + 0 = 62)$.

»Wir müssen die Behörden informieren, dass Moriarty ein UNESCO-Weltkulturerbe geplündert hat«, meint Holmes. »Ich fürchte, das wird weltweite Empörung hervorrufen – und diesem Verbrecher eine Menge Publicity einbringen.«

PALAST DER WINDE

Deine Leidenschaft für Gebäude bei Nacht in allen Ehren, Watson, aber übertreibst du nicht ein wenig?« Holmes steht sichtlich gelangweilt vor dem Palast der Winde in Jaipur.

»Wenn wenigstens ein Mord geschehen würde, auch ein kleiner Diebstahl wäre sicherlich dazu angetan, meine Laune zu bessern. Eine Herausforderung – gleich welcher Art – wäre im Moment mehr als willkommen, insbesondere ...«

Dr. Watson unterbricht ihn unsanft mit der Frage: »Sherlock, wie hieß noch gleich die Tochter des früheren Maharadschas von Jaipur?«

Warum möchte Watson das unbedingt wissen?

Und das ihm – dem weltberühmten Detektiv! Holmes ist nach dieser Nacht noch tagelang nicht ansprechbar. »Derartiges ist undenkbar, Watson, und darf in der Welt eines Sherlock Holmes nicht geschehen!«, regt er sich gerade wieder auf, als sie vor dem Hotel auf das Taxi warten.

Dr. Watson kann sich ein Grinsen nicht verkneifen. Immerhin war er es gewesen, dem das **Muster der beleuchteten Fenster** aufgefallen war – auch wenn es sich nur um eine Mutprobe gehandelt hatte. Ein paar Jugendlichen war es gelungen, in den Palast der Winde über Nacht eingesperrt zu werden. Mittels der erleuchteten Fenster hatten sie **per Morsecode einen »Hilferuf« gesendet**: Die kleinen hellen Fenster stehen für Punkte, die großen hellen Fenster für Striche – und die nicht erleuchteten Fenster zeigen, dass ein neuer Buchstabe folgt. Ganz einfach!

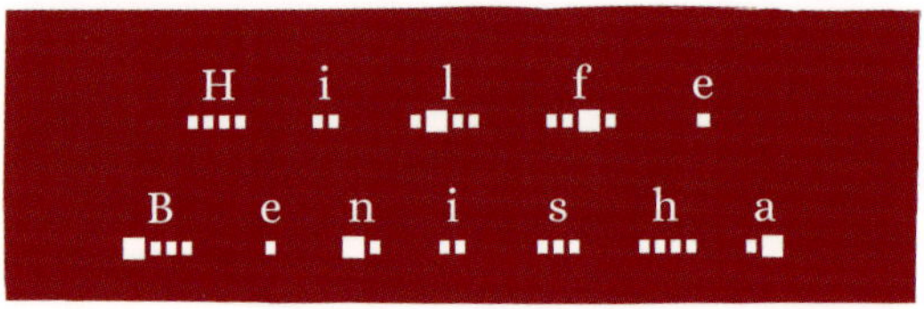

Doch Sherlock Holmes hatte etwas derart Offensichtliches übersehen – und das konnte er einfach nicht verwinden. Um seinen Freund zu beruhigen, weist Watson darauf hin, dass Holmes selbst einmal gesagt habe, es sei in einer Welt voller Ablenkungen unabdingbar, den Geist ab und zu zur Ruhe kommen zu lassen. »›Routine und Normalität sind tödlich für die Wachsamkeit, die Konzentration‹ – so lauteten deine Worte!«

»Und ich sagte auch, dass für einen großen Geist nichts zu unbedeutend ist – nicht mal eine Mutprobe unter Jugendlichen!«, antwortet Holmes verdrießlich.

DIE TOTE VOM LICHTERFEST

»Denkst du, wir kommen rechtzeitig?«, fragt Watson und wirft einen Blick aus dem Zugfenster. »Ich würde das Lichterfest ungern verpassen. Es soll ein ganz erstaunlicher Anblick sein, wenn Tausende leuchtende Ballons in den Nachthimmel aufsteigen, die Flüsse und Seen übersät sind von schwimmenden, mit Kerzen und Räucherstäbchen geschmückten kleinen Flößen – und über allem thront der Vollmond.«

Doch kaum sind Holmes und Watson in Chiang Mai eingetroffen, werden sie mit einem Hilfegesuch der lokalen Polizei konfrontiert. Die Frau des Bürgermeisters wurde erstochen und der Tatort abgesperrt, damit der Detektiv aus England in Ruhe die Lage inspizieren kann. Das Opfer hatte sich Blumen ins Haar gesteckt und ein atemberaubendes Kleid angezogen. Neben ihr liegt eine platt gedrückte Laterne aus Papier, die sie wahrscheinlich später in den Himmel aufsteigen lassen wollte. In der linken Hand hält sie eine weiße Kerze, zu ihren Füßen liegen zwei kleine Flöße aus Bananenblättern, die mit Blumen und Kerzen geschmückt sind.

Holmes nimmt die Szene kurz in sich auf. Dann, ohne den Blick abzuwenden, bittet er seinen Partner um einen Gefallen: »Watson? Ich habe den begründeten Verdacht, dass sich am Tatort ein Hinweis auf den Mörder verbirgt. Auf solche Eventualitäten bin ich natürlich vorbereitet und habe etwas in deinen Rucksack gesteckt, das uns nun helfen wird, meine Theorie zu bestätigen. Wärst du so gut?«

Welchen Gegenstand aus Watsons Rucksack meint Sherlock?

Als sie im Hotel ankommen, ist Sherlock Holmes immer noch irritiert. Wie konnte es sein, dass keiner der am Tatort Anwesenden – noch nicht einmal Dr. John Watson – den Trick mit der »Geheimtinte« aus Wachs kannte? Mycroft hatte ihn schon als Zweijährigen geheime Botschaften mit Kerzenwachs verschlüsseln lassen. Dem Opfer war es gelungen, vor Eintreten des Todes **mit der Kerze den Namen ihrer Mörderin auf die Laterne aus Papier zu schreiben.** Diese Buchstaben waren **unsichtbar – bis Holmes mit der Aquarellfarbe aus Watsons Rucksack darüber malte.** Dort, wo das Wachs auf dem Papier aufgetragen wird, bleibt das Papier weiß. An diese Geheimtinte hatte Sherlock Holmes sofort gedacht, als er die Kerze in der linken Hand des Opfers sah. Er musste sich nur noch vergewissern, dass die Frau Linkshänderin war.

Die geheime Kerzenbotschaft besagt »Sumire«. Wie sich herausstellt, handelt es sich dabei um die Geliebte des Bürgermeisters, die nicht länger darauf warten wollte, dass sich ihr Somchai endlich von seiner Frau trennt. Also hatte sie ein wenig nachgeholfen und wäre ohne das Eingreifen von Sherlock Holmes ungestraft davongekommen.

»Sag mal, Sherlock«, meint Watson. »Ich war stets davon ausgegangen, dass Thailänder kaum Schimpfwörter benutzen. Doch als diese Sumire verhaftet wurde, hat sie dich anscheinend derart beschimpft, dass die Umstehenden vor Entsetzen rote Ohren bekamen.«

Doch der Detektiv ist so in den Anblick der in den Nachthimmel schwebenden Laternen vertieft, dass er gar nicht zugehört hat …

DAS OCHSEN-ORAKEL

»Königliche Ochsen entführt! Orakel abgesagt! Das ganze Land der Verzweiflung nahe!«, liest Watson in der Zeitung. »Als könnten Ochsen vorhersagen, wie die Ernte ausfallen wird! Was denkst du über diese kambodschanische Tradition, Sherlock?« Als er keine Antwort erhält, sieht er sich nach Holmes um, der an der Tür des Hotelzimmers steht und den Flyer eines Reiseunternehmens betrachtet, der soeben unter der Tür hindurchgeschoben wurde.

Ihr 3-Sterne-Reiseleiter »The Three Musketeers« freut sich auf Sie!

Sind Sie ein Abenteurer?
Kein bisschen ängstlich – und Spaß ist ein Muss?
Angkor Wat, sein atemberaubender Anblick, die tropische
Dschungellandschaft, Tiere, unberührte Bergregionen sind
unschätzbare Erinnerungen! Im Exkursionspreis enthalten:
Keller der Tempelanlagen, des goldenen königlichen
Palastes – und abschließend, viel traditionelles Essen!
Vergnügen und Freude wünscht von Herzen –
Ihr ortskundiger Reiseleiter M.

Watson blickt seinem Freund über die Schulter und meint ironisch: »Bestes Englisch!«, doch Holmes ruft: »Wir müssen sofort los! Wenn wir uns beeilen, kann das Ochsen-Orakel doch noch stattfinden!«

Was veranlasst Holmes zu dieser überraschenden Aussage?

Als Holmes und Watson die Stufen des goldenen Königspalastes in Phnom Penh hinablaufen, hat der König bereits die frohe Botschaft verkündet: Das Ochsen-Orakel kann stattfinden – dank Sherlock Holmes!

Gut gelaunt erläutert Holmes seinem Freund die Lösung des Rätsels: »Diese banale Verschlüsselungsmethode macht mich fast ein wenig sentimental. Damals, als ich noch auf dem College war, löste ich meinen ersten Fall. Übrigens ein Thema für deinen Blog. Ich schlage den Titel *Die Gloria Scott* vor. Mein Freund Victor Trevor bat mich um Hilfe, da er sich meiner herausragenden kognitiven Fähigkeiten bewusst war. Victors Vater erlitt, nachdem er eine geheimnisvolle Botschaft gelesen hatte, einen Schlaganfall und starb. Es gelang mir, die Nachricht zu entschlüsseln. Man musste einfach nur jedes 3. Wort lesen. Und so ergab sich damals die Warnung ›Das Spiel ist aus. Hudson hat alles gestanden. Fliehen Sie sofort!‹«

Watson nickt: »Trotzdem erstaunlich, dass dich die Formulierung ›3-Sterne-Reiseleiter‹ und der Hinweis auf *Die drei Musketiere* dazu animierten, **jedes 3. Wort zu lesen**:

Ein bisschen Spaß muss sein! Die Tiere sind im Keller des Palastes. Viel Vergnügen wünscht Ihr M.«

Watson wirft einen kurzen Blick zu seinem Freund hinüber. Dass Moriarty mal wieder seine Hände im Spiel hatte, darauf will Sherlock nicht angesprochen werden. Das hat er sogar dem König unmissverständlich zu verstehen gegeben.

Einige Stunden später verfolgt Watson die ungewöhnliche Zeremonie im Fernsehen, bei der den königlichen Ochsen Wasser, Mais, Sesam, Gras, Bohnen, Reis und Wein dargeboten wird. Je nachdem, wie sich die Tiere entscheiden, würde die Ernte gut oder schlecht ausfallen. In diesem Jahr entscheiden die Tiere weise und fressen Reis, Mais und Bohnen!

ORANG-UTANS IN GEFAHR

Surily, die Orang-Utan-»Babysitterin« einer Rettungsstation auf Borneo, trifft sich mit den beiden Engländern im Baumkronenpfad des Kinabalu-Nationalparks: »Mister Holmes, Dr. Watson, bitte helfen Sie uns! Es geht um das Leben von rund 700 Orang-Utans. Im ersten Drohbrief ist die Rede von einem Schlag gegen die unerträglichen Tierschützer, die den wirtschaftlichen Interessen entgegenstehen. Die Erpresser drohen in einem zweiten Schreiben damit, unsere Stationen niederzubrennen, wenn wir nicht die exakte Summe überweisen. Doch in dem Schreiben wird kein Geldbetrag genannt. Bitte, Mister Holmes, die Polizei ist ratlos, doch Sie können uns bestimmt helfen!« Mit flehendem Blick drückt die junge Frau Holmes ein Schreiben in die Hand.

ZAHLEN SIE UNS DIE EXAKTE
SUMME, SONST BRENNEN WIR DIE
ORANG-UTAN-STATIONEN NIEDER!
ÜBERGABE TUNKU ABDUL RAHMAN
PARK, TAUCHZENTRUM AUF DER
INSEL MAMUTIK, DONNERSTAGNACH
MITTAG. SEIEN SIE PÜNKTLICH!

»Das ist eine Art Chronogramm und zwar – mit Verlaub – ein sehr einfaches. Eines Detektivs wohl kaum würdig!«

»Sherlock, ich bitte dich!«, sagt Watson empört. Seufzend zückt Holmes daraufhin einen roten Stift …

Was schreibt der Detektiv auf den Zettel?

»Du hättest ruhig ein wenig freundlicher zu der jungen Dame sein können!«, empört sich Watson. Sherlock Holmes hat der engagierten Tierschützerin relativ gelangweilt mitgeteilt, dass die **im Text verborgenen römischen Zahlen I, V, X, L, C, D und M** (1, 5, 10, 50, 100, 500, 1.000) aufaddiert die Summe **10.522** ergeben. Schnell hat Holmes die Ziffern über die entsprechenden Buchstaben geschrieben.

> ZAHLEN SIE UNS DIE EXAKTE
> SUMME, SONST BRENNEN WIR DIE
> ORANG-UTAN-STATIONEN NIEDER!
> ÜBERGABE TUNKU ABDUL RAHMAN
> PARK, TAUCHZENTRUM AUF DER
> INSEL MAMUTIK, DONNERSTAGNACH-
> MITTAG. SEIEN SIE PÜNKTLICH!

Am nächsten Tag trifft sich Watson mit der Tierschützerin Surily im Café des Hotels, wo er sie zu Pisang Goreng, frittierten Bananen, und Teh C Peng Special einlädt, einem Getränk aus Schwarztee, Kondensmilch und Palmzucker-Sirup. Während Watson besonders das Getränk mit Unbehagen betrachtet, berichtet Surily ungeniert mit vollem Mund: »Die Erpresser konnten auf Mamutik festgenommen werden. In deren Haus stellte die Polizei diverse Brandsätze sowie Kontoauszüge sicher, die beweisen, dass die Anschläge von den Besitzern der Palmölplantagen finanziert wurden. Zu dumm, dass die Erpresser auf die Idee gekommen waren, beide Seiten abzuzocken: Sie nahmen die Gelder der Firmen und wollten gleichzeitig die Tierschützer erpressen, bevor sie die Brände legten.« Surily blickt Watson nachdenklich an: »Sagen Sie bloß, Sie mögen den Tee nicht! Und die Pisang Goreng auch nicht? Also – ich hätte noch Appetit!«

HOLI – DAS FEST DER FARBEN

Eigentlich wollen Holmes und Watson das Frühlingsfest Holi in Nepal genießen, doch als der Detektiv mit Farbe überschüttet wird, zieht er stinksauer von dannen. Watson hingegen mischt sich froh gelaunt unters Volk und beobachtet gespannt ein Spiel, bei dem drei Frauen ein Date mit einem attraktiven Mann gewinnen können, der sich hinter einer Mauer positioniert hat. Auf der anderen Seite der Mauer werden die drei Frauen hintereinander aufgereiht, alle blicken zur Wand und dürfen sich nicht umdrehen. Dann bekommen alle vier Farbpulver an den Hinterkopf. Welche Frau zuerst sagen kann, welche Farbe sie im Haar hat, gewinnt das Date. Als Hinweis erfahren sie nur, dass zwei Personen grüne Farbe und zwei Personen pinke Farbe am Hinterkopf haben.

Nach kurzem Grübeln rastet Amira, die junge Frau in der Mitte, aus und setzt der Frau hinter ihr schreiend ein Taschenmesser an den Hals: »Das ist unfair! Nur sie kann das Date gewinnen, dabei muss der Mann mir gehören!« Alle bleiben starr vor Schreck stehen. Watson versucht, die Situation zu entschärfen: »Legen Sie das Messer weg und ich erkläre Ihnen, warum Sie das Date durchaus gewinnen konnten.«

Aber wie hätte Amira ihre Haarfarbe herausfinden können?

»Und, John«, fragt Holmes, der sich zuerst ein heißes Bad und danach ein kleines Nickerchen gegönnt hat, »ich habe im Weggehen noch mitbekommen, dass dieses merkwürdige Spiel urplötzlich aus dem Ruder gelaufen ist. Konntest du die junge Dame zur Vernunft bringen?«

Dr. Watson starrt seinen Freund entsetzt an: »Du hast gesehen, dass die Situation eskaliert ist – und bist einfach seelenruhig ins Hotel gegangen? Das war für den Meisterdetektiv wohl eine zu geringe Aussicht auf Blutvergießen, nicht wahr, Sherlock? Oder wären deine kombinatorischen Fähigkeiten unterfordert gewesen? Wie konntest du mich in dieser brenzligen Situation einfach so dort stehen lassen? Du hast doch gesehen, dass die junge Frau vernünftigen Argumenten kaum noch zugänglich war. Und du haust einfach ab? Was hast du dir nur dabei gedacht? Ach, weißt du was, es interessiert mich überhaupt nicht, was du gedacht hast! Ich gehe jetzt in die Hotelbar und trinke einen Whiskey. Und bevor du fragst – ich lege keinen gesteigerten Wert auf deine Gesellschaft!«

Mit diesen Worten stürmt er aus dem Zimmer. Nach zwei Whiskeys hat sich Watson so weit beruhigt, dass er sich eingestehen kann, warum er so sauer ist: Fast wäre ihm die Lösung des Rätsels nicht eingefallen. Dabei **hätte Amira als Einzige das Date gewinnen können**, denn sie konnte sehen, dass die Frau vor der Wand eine grüne Haarsträhne hatte. Wenn Amira ebenfalls eine grüne Strähne besessen hätte, hätte die Frau hinter Amira zwei grüne Haarsträhnen vor sich gehabt und daraus schlussfolgern können, dass ihre eigene pinkfarben war. Doch sie hatte nichts gesagt, wodurch Amira hätte klar sein müssen, dass sie selbst eine pinkfarbene Strähne hatte.

»Ich bin neugierig«, beginnt Sherlock Holmes das Gespräch mit dem verzweifelten Hotelbesitzer Niran. »Warum wollen Sie dieses wunderschöne Hotel schließen?«

»Ich bin vom Unglück verfolgt! Und ich lasse mich nicht umstimmen! Dr. Watson und Sie werden meine letzten Gäste sein! Ein Kaufangebot liegt mir bereits vor. Ich bin mit Leib und Seele Hotelier, doch ich fürchte, ich habe meine Hausgeister verärgert. Wenn ich nur wüsste, wodurch ...«

Mit einem für Holmes ungewohnt einfühlsamen Gespräch gelingt es ihm, den Hotelbesitzer zu beruhigen und die Hintergründe zu erfahren. Es hatte im Laufe eines Jahres tatsächlich mehrere tragische Zwischenfälle in dem Hotel gegeben: Am 24. Januar war es zu einem Rohrbruch gekommen, woraufhin das Hotel evakuiert werden musste. Am 13. März hatte ohne Vorwarnung die gesamte Küchen-Crew gekündigt. Am 11. Mai war das oberste Stockwerk abgebrannt. Und am 10. Juni mussten alle Gäste abreisen, weil das Hotel von Kakerlaken geradezu überrannt worden war. »Wir haben Anfang Oktober. Ich muss das Hotel vor dem 6. Oktober abgeben, sonst wird noch jemand verletzt!«

Holmes überlegt: »Ich gehe einmal davon aus, dass Sie ein abergläubischer Mensch sind und diese Tatsache durchaus bekannt ist. Ich bitte Sie, mir zu vertrauen, denn ich weiß, wieso Sie den 6. Oktober derart fürchten. Lassen Sie mir einen Tag Zeit, unterschreiben Sie noch keinen Kaufvertrag, ich werde mich Ihres Problems annehmen!«

Wieso denkt der Hotelbesitzer, dass ein Unglück geschieht, wenn er sein Hotel nicht bis zum 6. Oktober verkauft?

Von seinem Fenster aus beobachtet Dr. Watson Niran und seine Familie im Garten. Lachen, Gekicher und aufgeregtes Stimmengewirr dringen an Watsons Ohr. »Der gute Mann ist wie verwandelt. Er baut dort unten gerade seinen Hausgeistern ein neues Geisterhäuschen, und wir haben lebenslanges Wohnrecht in diesem schönen Hotel. Wie hast du das geschafft, Sherlock?«

Sherlock Holmes tritt neben Watson ans Fenster: »Niran ist extrem abergläubisch, und das ist hier am Ort ein offenes Geheimnis. Du weißt bestimmt, dass Thailänder die **Zahl 7 als Unglückszahl** betrachten. Als Niran mir erzählte, an welchen Tagen sich diese Zwischenfälle ereignet haben, war mir sofort bewusst, dass hier jemand dem armen Mann übel mitspielt. Alle **Daten ergeben in der Quersumme die Unglückszahl 7**: 24.1. (2 + 4 + 1), 13.3. (1 + 3 + 3), 11.5. (1 + 1 + 5) und 10.6. (1 + 6). Kein Wunder, dass Niran dachte, am 6.10. würde erneut ein Unglück geschehen. Doch vier Zwischenfälle – nein, Watson – das konnte kein Zufall sein! Auch machte mich stutzig, dass Niran bereits ein Kaufangebot vorlag. Du hast dich gestern Abend angesichts meiner ungewöhnlichen Verkleidung gewundert, richtig? Ich hatte als britischer Großinvestor um ein Meeting mit dem hiesigen Immobilienmakler gebeten – und schon hatte ich die Bestätigung meines Verdachts: Dieser Makler hat es schon seit Langem aufgrund der fantastischen Lage auf dieses Hotel abgesehen. Doch er wusste, dass Niran niemals sein geliebtes Hotel aufgeben würde. Also hat er Nirans Aberglaube ausgenutzt und diverse Zwischenfälle in Auftrag gegeben, die Küchen-Crew abgeworben und so weiter. In unserem Gespräch hat er sogar damit geprahlt, wie leicht er den Aberglauben der Thailänder zu seinem Vorteil nutzen konnte. So etwas macht man einfach nicht! Ich habe den Mann von der Polizei verhaften lassen.«

IM LAND DES DONNERDRACHENS

Das junge Königspaar von Bhutan ist untröstlich: Ihr ältester Sohn hat den Glücksbringer seines kleinen Bruders – ein kostbares Amulett mit einem eingravierten Roten Pandabären – versehentlich in einen Tresor gesperrt. Zwar liegt neben dem Tresor ein Umschlag mit vier Schlüsseln, doch diese sind nutzlos, da der Tresor kein Schlüsselloch hat. Da sich Sherlock Holmes im Bergwald des Jigme Dorji-Nationalparks aufhält, muss Dr. Watson das Rätsel allein lösen. Er betrachtet den Umschlag, auf dem vier unterschiedlich große Esel abgebildet sind, die über eine Brücke laufen. Der kleinste Esel vorneweg, der größte Esel bildet das Schlusslicht.

Welchen Geistesblitz hat Watson, als er sich daraufhin die Schlüssel genauer ansieht?

Als Sherlock Holmes von seinem Ausflug ins Hotel zurückkommt, findet er seinen Freund John zufrieden schmunzelnd auf dem Balkon. »Du erinnerst mich stark an eine grinsende chinesische Glückskatze«, meint Holmes. »Fehlt nur noch, dass du anfängst, mit einem Arm zu winken.«

Daraufhin berichtet Watson, wie er den kostbaren Glücksbringer mithilfe der Ziffern **3678, die sich aus den Bärten der Schlüssel** ergaben, aus dem Tresor hervorgeholt hat.

»Ha«, ruft Holmes plötzlich. »Es hätte aber auch die Ziffernfolge 7836 sein können!«

Watson grinst: »Ich vergaß zu erwähnen, dass der älteste Sohn eine Gedächtnisstütze auf den Umschlag gezeichnet hatte.« Sherlock Holmes runzelt irritiert die Stirn, doch als Watson von den vier Eseln, die über eine Brücke laufen, erzählt, muss auch Holmes grinsen: »Ein schlaues Kerlchen! Eine Eselsbrücke als Erinnerung daran, dass der Schlüsselcode mit der kleinsten Ziffer 3 beginnt. Respekt!«

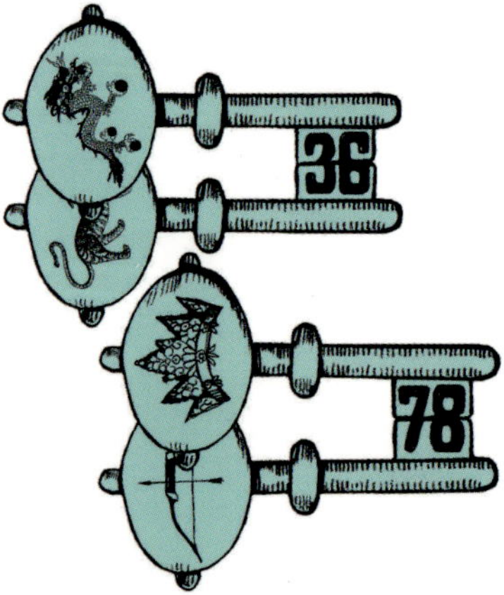

EINE ABERWITZIGE CHALLENGE

Als Holmes und Watson am Flughafen Tokio-Haneda landen, bietet sich ihnen ein überaus skurriles Bild: Taxifahrer, Flugbegleiterinnen, Bodenpersonal, Passagiere, Reinigungskräfte ... Alle sind stehen geblieben und starren auf ihre Smartphones. Dr. Watson geht auf einen Polizisten zu und fragt erstaunt: »Hat es ein Unglück gegeben?« Doch der Polizist reagiert genervt und löst seinen Blick nur ganz kurz vom Display: »Gehen Sie einfach weiter!«

Sherlock Holmes hat mittlerweile die japanischen Nachrichten aufgerufen, die nur von einer einzigen Meldung beherrscht werden. Die todkranke und exzentrische Multimilliardärin Akira Yoko Su, deren Firma an der Entwicklung des japanischen Hochgeschwindigkeitszugs Shinkansen beteiligt war, hat eine Rätseljagd auf ihr Erbe eröffnet. Demjenigen, der ihr innerhalb von zwei Stunden einen 12-stelligen Zifferncode entschlüsseln könne, würde sie eine Milliarde Dollar überweisen. Nur einen einzigen Hinweis hatte Akira Yoko Su verraten: »Meine Initialen ergeben 2 3 2!«

Welche zwölf Ziffern übermittelt Sherlock Holmes der Multimilliardärin?

Für Sherlock Holmes war es ein Leichtes, die hinter den Zeichen steckende Systematik zu erkennen, die da lautet: **Zähle die Enden der einzelnen Striche!** Der Hinweis auf die Initialen hatte den Ausschlag gegeben: A und S haben 2 Enden, Y hat 3 Enden. Und so hat er direkt per Smartphone die Lösung **8 4 6 4 9 6 5 6 8 2 8 1** übermittelt und wurde prompt von Akira Yoko Su zum Gewinner dieser aberwitzigen Challenge gekürt.

Watson, der angesichts dieser Geldsumme noch unter Schock zu stehen scheint, fragt vorsichtig: »Du hast nicht rein zufällig in einem Anfall von Nächstenliebe vor, das gesamte Geld an eine Organisation für Opfer von Gewaltverbrechen zu spenden, oder? Das sähe dir nämlich ähnlich, Sherlock!«

»Aber nein, mein Guter, wo denkst du denn hin!« Zufrieden lächelnd betrachtet Holmes die Suite des Nobelhotels in Tokio. »Ich habe nun die Möglichkeit, nur noch solche Kriminalfälle zu wählen, die für meinen überragenden Intellekt auch wirklich eine Herausforderung darstellen. Du ahnst nicht, welche Erleichterung das für meine Existenz bedeutet!« Da bemerkt Holmes das nachdenkliche Gesicht seines Freundes: »Darf ich fragen, Watson, warum du so ernst dreinschaust?«

»Sherlock, ist dir eigentlich bewusst, dass unsere gute Mrs. Hudson mit finanziellen Problemen zu kämpfen hat? Sie ist kurz davor, ihr – und somit auch unser – Zuhause in der Baker Street 221b an die Bank zu verlieren. Wir sprechen immerhin von einer Immobilie im Zentrum Lon…«

»Einem Sherlock Holmes entgeht nichts!«, unterbricht ihn Holmes ungeduldig. »Ich habe das Haus heute Morgen erworben und nun sind Mrs. Hudson, du und meine Wenigkeit zu gleichen Teilen Eigentümer.«

WATSONS ERSTE LIEBE

»Südkorea ist ein Land der Gegensätze!«, sagt Dr. Watson sichtlich irritiert. »Auf der einen Seite sind die Südkoreaner technikaffin, auf der anderen Seite lieben sie ihre Traditionen. Nur so kann ich mir erklären, dass Danbis Vater sein Testament handschriftlich verfasst, mit traditionell koreanischer Kalligrafie, das Schreiben dann jedoch einscannt und die Datei mit einem Passwort verschlüsselt.«

Holmes hingegen interessiert sich mehr für die Tatsache, dass sein alter Freund Dr. John Watson noch nie ein Wort über seine große Liebe Danbi verloren hat. Die schöne Südkoreanerin hatte sich hilfesuchend an John gewandt. Ihr Vater hatte das Testament nicht bei einem Notar hinterlegt, sodass es keine Zweitschrift gab. Glücklicherweise hatte Danbis Vater den Schlüsselwort-Geheimcode verwendet und Hinweise auf das Passwort auf eine Karte geschrieben. Auch Watson kennt diese Geheimschrift, daher fragt er: »An welcher Position sollen wir das Schlüsselwort eintragen, Sherlock? Hast du eine Idee?«

Ein altes koreanisches Sprichwort besagt:
»Zu bestimmten Zeiten kann eine Katze zum _____ werden!«

Alphabet	A	B	C	D	E	F	G	H	I	J	K	L	M	N	O	P	Q	R	S	T	U	V	W	X	Y	Z
Schlüsselwort																										

Der 2. Gedanke ist oft der Beste!

VEOGE AHSEIFHCIB

Wie lautet das Passwort?

»**WERDE GLUECKLICH** als Passwort, das ist typisch mein lieber alter Vater!«, sagt Danbi mit Tränen in den Augen. »John, Sherlock, ich danke euch von ganzem Herzen. Nun kann ich in Ruhe das Testament meines Vaters lesen.«

Watson, der schon seine Hilfe bei den Beerdigungsformalitäten anbieten will, wird durch das Läuten der Türklingel unterbrochen. »Oh, das ist bestimmt Taehyung, mein Verlobter!«, sagt Danbi, eilt zur Tür und kommt mit einem jungen Mann zurück, der Danbi fest im Arm hält. Plötzlich hat es Watson ganz eilig, sich zu verabschieden. Später im Hotel kann sich Holmes ein Grinsen nicht verkneifen. »Sei nicht verstimmt, mein Guter! Diese Danbi ist doch viel zu jung für dich!«

Doch was als Trost gedacht war, erbost Watson nur noch mehr. »Gegen so einen jungen, charmanten Südkoreaner hat jemand wie ich natürlich keine Chance.« Watson atmet tief durch. »Ach, was soll's! Erklär mir doch noch mal, wie du das Passwort ermittelt hast, Sherlock. Das bringt mich auf andere Gedanken. Aber sag bloß nicht schon wieder ›Ganz einfach‹! Das ertrage ich jetzt nicht!«

Alphabet	A	B	C	D	E	F	G	H	I	J	K	L	M	N	O	P	Q	R	S	T	U	V	W	X	Y	Z
Schlüsselwort	Z	T	I	G	E	R	A	B	C	D	F	H	J	K	L	M	N	O	P	Q	S	U	V	W	X	Y

»Das gesuchte Schlüsselwort lautet **TIGER**. Wir haben es ab der **2. Stelle des Alphabets** eingetragen, weil der Vater **›2. Gedanke‹** geschrieben hat. Danach werden alle restlichen Buchstaben eingefügt, ohne die Buchstaben TIGER zu verwenden. Das codierte Passwort lautet VEOGE AHSEIFHCIB. Entschlüsselt bedeutet es WERDE GLUECKLICH. Watson? Alles okay?«

Doch der Arzt will sich anscheinend noch ein wenig selbst bemitleiden. Also lässt Holmes ihn in Ruhe.

DAS MONSTER VON HONGKONG

Ein Serienmörder geht in Hongkong um und versetzt die Stadt in Angst und Schrecken! Sein Modus Operandi wird in den Medien heiß diskutiert: Die weiblichen Opfer, die der Welt der Schönen und Reichen entstammen, werden zu Hause überwältigt. Der Täter zeichnet mit Kreide ein Pentagramm auf den Boden, fügt kryptische Zeichen hinzu und zündet zahlreiche Kerzen an. In die Mitte des Kreises legt er die gefesselten Frauen, spritzt ihnen ein langsam wirkendes Gift und sieht ihnen in aller Ruhe beim Sterben zu, was laut Gerichtsmedizin mitunter Stunden dauern kann. Sherlock Holmes und Dr. Watson haben gerade erst die Ermittlungen aufgenommen, da geht in der Notrufzentrale ein Anruf ein: Der Killer hat erneut zugeschlagen!

Als Holmes und Watson zwei Stunden später am Tatort eintreffen, erwartet sie der Ehemann, der seine Frau gefunden hat, mit Entsetzen im Gesicht: »Ich habe nichts angerührt!«

Was bringt Holmes auf die Spur des Täters?

Sherlock Holmes verdreht genervt die Augen: »Wenn ich mich recht entsinne, mein Lieber, habe ich zu Anfang unserer Freundschaft einmal sehr weise Worte gesprochen. Ich merkte an, dass dir die wunderbare Gabe des Schweigens verliehen worden ist und dich dies zu einem geradezu unschätzbaren Gefährten für jemanden wie mich macht. Könntest du dich nicht – zumindest vorübergehend – auf diese Gabe zurückbesinnen?«

Dr. John Watson sieht seinen Freund ungläubig an: »Ist das dein Ernst, Sherlock? Ich zolle dir meinen Respekt angesichts der Lösung dieses Falles, und dir fällt nichts Besseres ein, als mir den Mund zu verbieten? Bitte schön, kannst du haben!« Mit diesen Worten verlässt Watson hoch erhobenen Hauptes den Tatort. Gut, er hatte sich vielleicht ein wenig hinreißen lassen und seiner Bewunderung zu wortreich Ausdruck verliehen. Aber so eine Reaktion – nein – das war nicht fair!

Nachdem Watson weg ist, kann Holmes endlich nochmals in Ruhe die Geschehnisse überdenken. Was ihm beim Betreten des Raumes vor einigen Stunden direkt auffiel, waren die brennenden Kerzen. Bei den anderen Tatorten war offensichtlich gewesen, dass der Serienmörder stundenlang dem Todeskampf seiner Opfer zugeschaut hatte. Die Kerzen waren abgebrannt, überall war herabgetropftes Wachs zu finden. Beim aktuellen Tatort waren die **Kerzen jedoch erst wenige Minuten vor Holmes' Eintreffen angezündet worden**. Der Ehemann des Opfers hatte wohl gedacht, das sei DIE Gelegenheit, seine Ehefrau loszuwerden, indem er sie als weiteres Opfer des Serientäters präsentiert. Eine Überprüfung seines Laptops und des gespeicherten Online-Suchverlaufs hatte ergeben, dass er sich detailliert über den Modus Operandi des Serienmörders informiert hatte. Und das bedeutete, dass dieses Monster weitermorden würde!

IN DER »STADT DER PERSER«

»1979 wurde die antike Ruinenstadt Persepolis im Iran in das UNESCO-Weltkulturerbe aufgenommen«, erzählt der Fremdenführer, während er auf ein Bild der Rekonstruktion des Hundert-Säulen-Palastes zeigt. »Der persische König gewährte nur dem eine Audienz, der Tribute mitbrachte. So häuften sich in Persepolis rasch gewaltige Reichtümer an, doch seit der Zerstörung der Stadt durch Alexander den Großen im Jahr 330 v. Chr. gelten sie als verschollen.«

»Nicht mehr lange!«, meint Sherlock grinsend.

Was hat Holmes entdeckt?

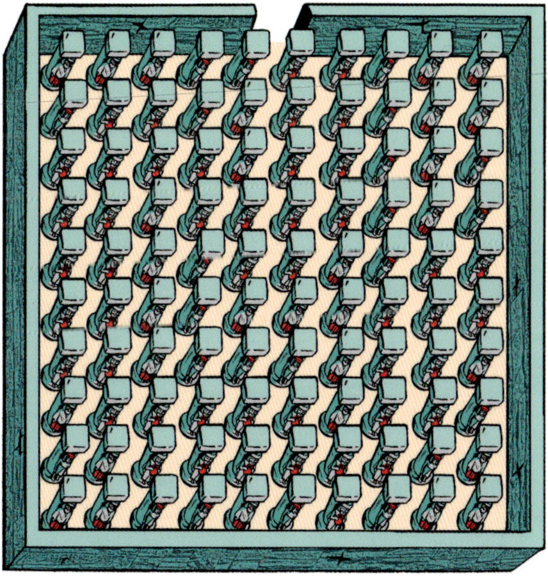

Bestens gelaunt läuft Dr. Watson an Holmes' Seite durch die Gänge des Iranischen Nationalmuseums: »Ich hätte nicht geglaubt, dass es uns tatsächlich gelingen würde, den Schatz zu finden – obwohl die Lösung direkt vor den Augen ...«

Von diesem Punkt an hört Holmes seinem euphorisch gestimmten Freund nicht mehr zu. Der Hinweis des Fremdenführers, dass der persische König nur dem eine Audienz gewährte, der Tribute mitbrachte, hatte ihn auf die richtige Spur gebracht. Jede der **100 Säulen war damals mit Vasallen verziert**, doch nur manche trugen **Gefäße bei sich**. Holmes war mit der Rekonstruktion in der Hand durch die Ruine des Hundert-Säulen-Palastes gelaufen – und zwar konsequent nur zwischen diesen Säulen hindurch. Der Weg hatte ihn zu einem Riss in der Wand geführt, hinter dem ein verborgener Geheimgang zu der Schatzkammer führt.

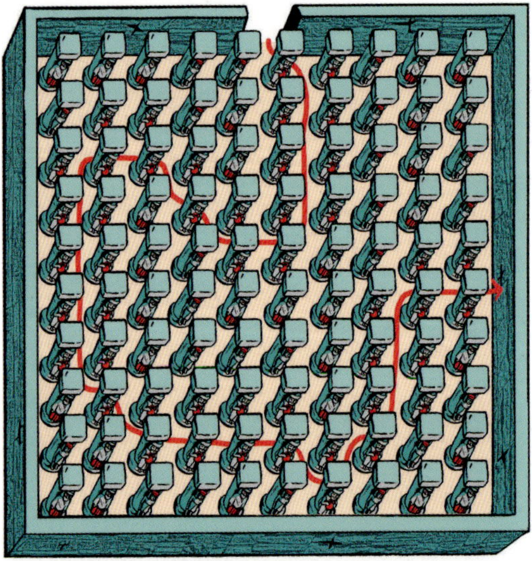

»Und Sie haben diesen Brief so an die Verlobte des Gefangenen geschickt?«, fragt Holmes fassungslos den Gefängnisdirektor.

»Sie müssen verstehen«, stottert der Mann verlegen. »Jeder von Arnos Briefen ist gespickt mit Rechtschreibfehlern. Er leidet an einer Rechtschreibschwäche, und ich habe mir nichts dabei gedacht, zumal er ja nur über so harmlose Dinge wie Schokoküsse und Abendlieder schreibt.«

»So viel Dummheit in einer Person vereint – unfassbar!«, flüstert Holmes Watson zu. An den Direktor gewandt sagt er sodann: »Die Chocolate Hills sind mitnichten eine Süßigkeit, sondern ein faszinierendes Naturphänomen, das sich auf dem 9. Breiten- und 124. Längengrad befindet und seinesgleichen sucht. Mich wundert, dass Sie noch nie davon gehört haben. Sie kommen hier wohl nicht oft raus, oder?«

Meine Liebste,
ich kann es kaum erwarten, das Gefengnis wieder zu verlasen. Noch drei Jahre, dann sind wr wider vereint. Singst du unserer Kleinen auch jeden Abent ein Lied vor vom liepen Papa? Mag sie immer noch diese Schaummküsse am liebsten? Wie hießen sieh noch? Chocolate Hills? Auf jeden Fall war mir diese Haftstrafe eine Lehre. Ich verspreche s! Ich werde nie mer so rasen wie an jenem Tag, als ich die alte Vrau mit unserem Wagen überfahren habe. Küss die Kleine von ihrem Daddy und zage ihr, ich bringe ir einen riesengroßen ESEL mit!

In Liebe, dein Arno

Zu welchen Koordinaten schickt Arno seine »Liebste«?

Holmes, der keinerlei Mitleid mit dem Mann hat, erklärt ungehalten: »Der Strafakte entnehme ich, dass Arno vor ein paar Jahren eine Bank überfallen und auf der Flucht eine alte Frau überfahren hat. Das Geld wurde nie gefunden. Nun, ich darf Ihnen versichern, dass sich dies nunmehr geändert hat. Arno hat seiner Komplizin **Breiten- und Längengrad** übermittelt. Sie musste nur zählen, **wie viele Buchstaben die Wörter haben, in denen Rechtschreibfehler enthalten sind.**« Holmes notiert geschwind Folgendes: **9.82556** für Gefengnis (9), verlasen (8), wr (2), wider (5), Abent (5), liepen (6) und **124.13442** für Schaummküsse (12), sieh (4), s (1), mer (3), Vrau (4), zage (4), ir (2).

Als Holmes und Watson auf der Insel Bohol ankommen, stehen sie bei den Koordinaten am Fuße eines der Chocolate Hills. Angesichts des Lochs im Boden meint Watson: »Ich fürchte, die Komplizin von Arno war schneller! Vermutlich steckte das Diebesgut in einer per Zahlencode gesicherten Tasche. Denkst du, der Hinweis ESEL hat irgendwas mit diesem Schloss zu tun?« Doch Holmes ist immer noch so entrüstet über die Dummheit des Gefängnisdirektors, dass er keine Lust hat, darauf hinzuweisen, dass **ESEL** auf den Kopf gestellt die Ziffern **7353** ergeben.

VERSCHOLLEN IM EWIGEN EIS

53 | ANTARKTIS

Die britische Antarktis-Forschungsstation Halley VI, die seit 2012 als erste bewegliche Station auf dem Brunt-Schelfeis steht, ist verschwunden! Die sieben blauen Module sowie das große rote Modul sind wie vom Erdboden verschluckt! Die mit hydraulisch betriebenen Stelzen und Skiern ausgestattete Station konnte zwar von einem Bulldozer zu einem neuen Standort gezogen werden, doch eine entsprechende Anweisung war nicht erteilt worden. Daher hat die britische Regierung Sherlock Holmes, der als Gast auf der deutschen Polarforschungsstation Neumayer III weilt, damit beauftragt, aus der Luft nach Halley VI zu suchen. Als Holmes und Watson den letzten bekannten Standort überfliegen, bietet sich ihnen ein kurioses Bild: Jemand hat Holzplanken auf dem Schnee ausgelegt und hierdurch Buchstaben erschaffen.

Welche Botschaft übermitteln die Hölzer?

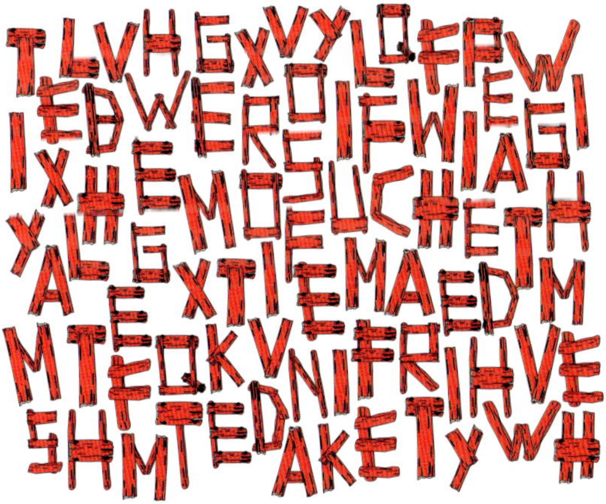

Während Dr. Watson noch knobelt, welche Buchstaben des Alphabets in diesem Wirrwarr fehlen oder doppelt sind, hat Holmes dem Piloten bereits per Handzeichen die Richtung gewiesen, in die er fliegen soll. Watson bittet um eine Erklärung: »Und, Sherlock, sag jetzt nicht wieder, dass die Lösung doch direkt vor unseren Augen lag!«

Diese Anmerkung entlockt Holmes, der tief in Gedanken versunken die schneeweiße Landschaft unter sich betrachtet, ein Schmunzeln. Immerhin hat Watson den Nagel auf den Kopf getroffen. In dem Wirrwarr sind einzelne Buchstaben mit Bedacht so positioniert worden, dass sie nicht nur die Botschaft **WER SUCHET DER FINDET** ergeben, sondern zudem in Form eines **Pfeils** die Richtung anzeigen, in der sie ihre Suche fortsetzen sollen.

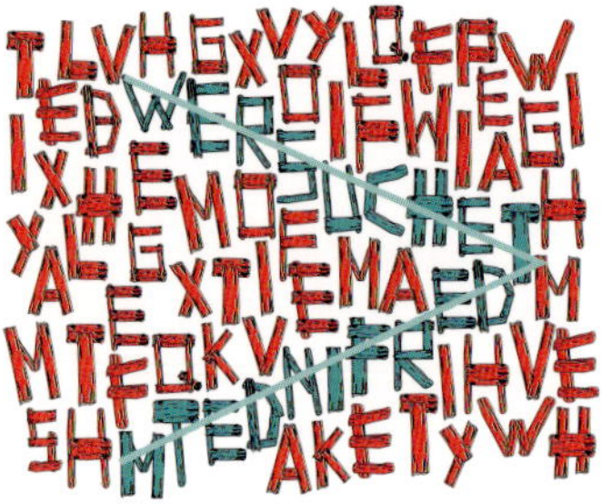

Irritiert schüttelt Watson den Kopf: »Wer macht sich denn solche Mühe, eine Forschungsstation in der Antarktis zu entführen und dann eine Botschaft zu hinterlassen, die einem hilft, sie zu finden? Das ergibt doch keinen Sinn, Sherlock!«

»Mein Lieber, das ergibt durchaus Sinn, wenn du dem letzten Buchstaben der Botschaft deine Aufmerksamkeit widmest – dem **M!**«, erwidert Holmes. »Dieser Wahnsinnige hat die Forschungsstation entführt, Ich vermute, nur um mir erneut seine Überlegenheit zu beweisen! Ich ...«

»Mister Holmes«, wird er von dem Piloten unterbrochen, »schauen Sie nur, dort unten ist die Station – verborgen unter weißen Planen. Ohne die Richtungsangabe hätten wir sie nie entdeckt.«

MOKO KAUAE

In Neuseeland gerät Holmes in eine Auseinandersetzung zwischen einer Maori-Frau und dem Vorsitzenden des Waitangi-Tribunals, das begangenes Unrecht an der Urbevölkerung Neuseelands untersucht. Als Holmes an den Tatort kommt, hat die Frau dem Mann bereits die Nase gebrochen und ist in ein Parkhaus geflüchtet. Die Zeugenaussagen ergeben rasch ein Bild der Täterin: schwarze, schulterlange Haare, dunkle Augen und etwa 170 cm groß. Besonderes Merkmal: Ihr Kinn ziert ein traditionelles Maori-Tattoo, ein Moko Kauae. Die Polizei, die schnell vor Ort ist und das Parkhaus durchkämmt, kann keine Frau mit Kinn-Tattoo finden. Die Beamten setzen aber drei Frauen fest, die ansonsten der Täterbeschreibung entsprechen. Holmes gibt den Polizisten den Tipp, sich die Handtaschen anzuschauen.

Amaia: Smartphone, Taschenbuch, Sonnenmilch, Lippenstift, aufklappbarer Spiegel, Rouge, Portemonnaie, Autoschlüssel, Parkticket (gelöst vor 45 Minuten), Taschentuch mit Blutflecken, Haustürschlüssel, Rheuma-Salbe, Kajalstift.

Moana: Taschenkalender, Smartphone mit Ladekabel, Taschenlampe, Autoschlüssel, Parkticket (gelöst vor zwei Stunden), Haarbürste, Kopfschmerztabletten, zwei Visitenkarten der VisagistIn Harper Scott, Abschminktücher, Mineralwasser, Lesebrille, Fashion-Zeitschrift, Trinkbecher, Hundeleine.

Mareikura: Zerrissene Strumpfhose, Smartphone, herzförmig ausgeschnittenes Porträtfoto eines attraktiven Mannes, Kopfhörer, Sonnenbrille, Geldbörse, Kassenzettel mit heutigem Datum, Eintrittskarte für ein Maori-Konzert, Fotoapparat.

Wer wird wegen Körperverletzung angeklagt?

Nachdem die Polizei **Moana** dem Haftrichter überstellt hat, kehrt der Detektiv ins Hotel zurück. Watson runzelt die Stirn, als er Holmes' Kinn betrachtet, das noch einige verschmierte schwarze Striche ziert. »Nun bin ich wirklich gespannt«, sagt er neugierig, »was dir zugestoßen ist!«

Während Holmes sich vor dem Spiegel abmüht, die letzten Spuren des Kajalstiftes mit einem Taschentuch zu entfernen, schildert er sein Erlebnis: »Mein erster Gedanke war, dass **niemand gleich zwei Visitenkarten einer anderen Person bei sich trägt.** Wie sich herausgestellt hat, ist Moanas richtiger Name Harper Scott, und sie ist mitnichten eine Maori. Sie hat versucht, das Waitangi-Tribunal für ihre Zwecke zu missbrauchen – und ist gescheitert. Als Visagistin war es ein Leichtes für sie, sich ein Tattoo auf das Kinn zu zeichnen. Die alte Tradition des Moko Kauae derart zu missbrauchen, ist ein Sakrileg!«

Mit diesen Worten verlässt Holmes den Raum und lässt sich ein Schaumbad ein. Er hatte nämlich seine Theorie am eigenen Leib ausprobiert: Amaia hatte ihm mit ihrem Kajalstift ein »Tattoo« auf das Kinn gezeichnet. Nachdem es getrocknet war, hatte er Moanas **Abschminktücher** benutzt, um das **Tattoo zu entfernen**.

TERRAKOTTA-ARMEE

Als Holmes nach seinem Tauchgang am Great Barrier Reef zurück ins Boot klettert, winkt Watson schon mit dem Smartphone: »Sherlock, ich hatte gerade einen Anruf von Lestrade. Er klang sehr aufgeregt. Die chinesische Botschaft in London hat eine an dich adressierte Nachricht erhalten. Halt dich fest! Moriarty will die weltberühmte Terrakotta-Armee in die Luft sprengen. Warte, ich lese dir die Nachricht mal vor.«

ZWEI, DREI, FÜNF, SIEBEN ...
HOLMES, SIE WERDEN'S LIEBEN.
DIE ARMEE AUS TON IST LÄCHERLICH
UND ICH FÜHL MICH SO MORDLUSTIG.
10 BOMBEN IN 8.000 SOLDATEN,
DOCH IN WELCHEN, MÜSSEN SIE RATEN!
13-23-3-47-43-2-5-5-23,
ICH HOFFE, SIE FINDEN DAS WITZIG!
M.

Als Watson fertig ist, muss er sich – wie befürchtet – zunächst eine Tirade zum Thema Raten anhören: »Ich rate niemals!«, schimpft Holmes. »Das ist eine widerwärtige Angewohnheit, die jegliche Form des logischen Denkens zerstört!«

Watson starrt die beiden Zahlenreihen nachdenklich an und ruft aufgeregt aus: »2, 3, 5, 7 ... – das sind Primzahlen! Aber diese andere Zahlenreihe ergibt doch gar keinen Sinn.«

Sherlock Holmes greift zu einem Stift und zeichnet eine zweizeilige Tabelle auf ein Blatt Papier. Darunter setzt er ein Wort, das Watson bekannt vorkommt.

In welchen Soldaten der Terrakotta-Armee hat Moriarty die Bomben versteckt?

Alphabet	A	B	C	D	E	F	G	H	I	J	K	L	...
Primzahl	2	3	5	7	11	13	17	19	23	29	31	37	...

Holmes' Zettel in der Hand haltend, wählt Watson Lestrades Nummer: »Lestrade? Hier Dr. Watson. Was? Nein, Holmes ist nicht hier. Er frönt seiner neuen Leidenschaft. Er meint, unter Wasser könne er seine Gedanken besser ordnen, weil ... Ja, natürlich – die Bomben! Sorry! Die Lösung ist ganz einfach: 2, 3, 5, 7 ... ist ein Hinweis auf Primzahlen. **Mithilfe von Primzahlen** hat Moriarty das **Alphabet verschlüsselt**. Ja, Lestrade, das scheint bei den Kryptologen eine beliebte Verschlüsselung zu sein. Nein, das wusste ich auch nicht. Also: A wird zu 2, B zu 3, C zu 5 und so weiter. Die Zahlenfolge 13-23-3-47-43-2-5-5-23 ergibt somit den Namen **Fibonacci**. Ach, die Fibonacci-Folge hat Ihnen Holmes schon mal erläutert? Ja, das haben Sie richtig in Erinnerung: 0 + 1 = 1, 1 + 1 = 2, 1 + 2 = 3, 2 + 3 = 5, 3 + 5 = 8 und so weiter. Holmes meinte, Moriarty hätte demnach im **1., 2., 3., 5., 8., 13., 21., 34., 55. und 89. Soldaten** eine Bombe versteckt. Wie bitte? Ja, die Fibonacci-Folge können Sie überall nachlesen. Ob die Soldaten durchnummeriert sind? Da müssen Sie die Archäologen fragen, doch ich denke, das wird so sein, denn sonst würde Moriartys Spielchen mit Holmes ja keinen Spaß machen. Lestrade? Sind Sie noch dran? Hallo? Mmh ... einfach aufgelegt!«

DER HEILIGE BERG ULURU

Gerade als Holmes und Watson sich auf einer Exkursion durch die weite Wüstenlandschaft Australiens befinden, erreicht sie eine beunruhigende Nachricht: Etwas Unheimliches geschieht rund um den Uluru, den heiligen Berg der Aborigines, der von den Engländern als Ayers Rock bezeichnet wird. Über Nacht tauchen englische Redewendungen und merkwürdige Felszeichnungen auf.

Als Holmes und Watson sich am Uluru mit den Stammesältesten der Aborigines treffen, entdecken sie weitere mysteriöse Strichzeichnungen, nur dieses Mal ohne Redewendung.

Als Holmes sie sieht, wird er unfassbar wütend. Warum?

»Wie kann er es wagen, das Heiligtum der australischen Ureinwohner zu entweihen, nur um mir zu zeigen, dass er mir stets eine Nasenlänge voraus ist!«, ruft Holmes empört.

Dr. Watson versteht gar nicht so recht, warum sein Freund dermaßen außer sich ist. Sicherlich – diese Strichmännchen erinnern verdächtig an einen Fall, den Sherlock … Watson geht plötzlich ein Licht auf: »Jetzt weiß ich, wo ich diese Zeichnungen schon mal gesehen habe! In deinem Fall *Die tanzenden Männchen* spielten sie eine Rolle. Hast du damals nicht gesagt ›Was ein Mensch erfinden kann, kann ein anderer enträtseln‹?«

»Exakt!«, antwortet Holmes. »Auch dieses Rätsel hier ist nicht wirklich eine Herausforderung für meinen Intellekt! Immerhin hat er sich die Mühe gemacht, **die Männchen alphabetisch zu sortieren.** In ›Better late than never!‹ kommt das A zweimal vor, das B einmal, das E fünfmal und so weiter. Die restlichen Männchen sind leicht zu entschlüsseln.«

»Sherlock, wen meinst du denn mit ›er‹?«, fragt Watson irritiert. »Du denkst doch nicht etwa …«

»Aber natürlich denke ich an Moriarty«, brummt Holmes. »Immerhin hat er eindeutig sein Zeichen hinterlassen, denn die zuletzt entdeckte Strichmännchen-Nachricht besagt nichts anderes als …«

»Nun verstehe ich auch, warum du so wütend bist«, meint Watson mit Blick auf die entsetzten Aborigines. »Ein Heiligtum zu beschädigen, um seine Überlegenheit zu demonstrieren, ist wirklich das Allerletzte.«

PRINZ-PHILIP-KULT AUF TANNA

57 | VANUATU

»Wenn Queen Elizabeth um etwas bittet, Sherlock, diskutiert man nicht lange, sondern macht es einfach!«, sagt Dr. Watson streng, als sie sich per Schiff der Insel Tanna nähern. »Ein Stamm auf Tanna verehrt den verstorbenen Prinz Philip als Sohn eines Berggeistes, der einst die Insel verließ, um eine mächtige Frau zu heiraten. Den Buckingham Palace erreichte gestern ein Gemälde, das wir als Bilddatei per Mail erhalten haben. Wir sollen nun AUF TANNA – so wünscht es die Queen, Sherlock – klären, welches Anliegen der Stamm hat.«

Welche Botschaft birgt das Gemälde?

Nachdem Watson und Holmes mit den Einwohnern gesprochen haben, die dem Prinz-Philip-Kult angehören, ruft Watson im Buckingham Palace an und wird umgehend mit dem Chef des Geheimdienstes verbunden. »Wir konnten die Lage vor Ort klären, Sir. Sherlock Holmes hat die Botschaft entschlüsselt, die einfach nur **KOMM ZURUECK O PRINZ** lautet.« Watson runzelt plötzlich die Stirn und sagt: »Nein, Sir, es handelt sich nicht um den gewieften Code eines ausländischen Geheimdienstes, sondern vielmehr um den Versuch der Einheimischen, den Geist von Prinz Philip zu kontaktieren und zur ›Heimkehr‹ zu bewegen. Das erschien ihnen wohl eines Berggeistes würdig.« Watson runzelt erneut die Stirn: »Nein, Sherlock Holmes hat einfach nur **der Reihe nach die unterschiedlichen Tiere mit den Buchstaben verbunden** und so die Nachricht entschlüsselt. Warum Ihre Agenten das nicht …? Das kann ich Ihnen nicht beantworten, Sir.«

AUF TAUCHFAHRT

Auf Einladung des US-amerikanischen Präsidenten dürfen Holmes und Watson auf einem mit Atomwaffen bestückten U-Boot an einem Manöver unterhalb des arktischen Polareises teilnehmen. Hierbei lernen sie den Smutje Jacob kennen, der einen ganz speziellen Humor besitzt. So hat er gestern einen Wecker auf der Theke direkt in der Mitte der Speisen platziert und grinsend gefragt, was das zu bedeuten habe. Als Holmes sagte, er wolle wohl »Essen rund um die Uhr« anbieten, war der Smutje sichtlich enttäuscht, dass jemand so schnell sein Rätsel hatte lösen können.

Doch seit dem letzten Auftauchen ist der Smutje verschwunden! Das gesamte U-Boot wird akribisch abgesucht – vergeblich! In der Kombüse findet man ein Kryptex, in dem geheime Botschaften versteckt werden können. Das Kryptex ist mit einer sechsstelligen Buchstabenfolge verschlüsselt, damit kein Unbefugter an den Inhalt gelangt. Daneben liegt eine Nachricht.

Der Kapitän des U-Bootes stellt zu seinem Entsetzen fest, dass er keine Kontrolle mehr über die Atomsprengköpfe besitzt, da der Computer mit einem unbekannten Passwort geschützt wurde. »Holmes«, sagt er im Befehlston, »lösen Sie das Rätsel, und zwar sofort!«

Mit welchem Code lässt sich das Kryptex öffnen?

Unter den gespannten Blicken des Kapitäns sowie der halben Mannschaft zückt Holmes einen Stift und beginnt – zur Enttäuschung aller Anwesenden – das Alphabet aufzuschreiben: A, B, C ...

»Also, Mister Holmes, ich will Ihnen ja nicht zu nahe treten, aber ...«, fängt der Kapitän an, wird jedoch direkt von Holmes unterbrochen: »Das Wort, um das Kryptex zu öffnen, lautet KRYPTX.«

»Wie ...«, fragt der Kapitän perplex.

»Wie ich das gemacht habe?«, erwidert Holmes. »Die Aufforderung ›Finden Sie das Abwesende‹ bezieht sich auf die in der Nachricht nicht enthaltenen **Buchstaben des Alphabets: KPRTXY ergeben** als **Anagramm KRYPTX**. Da der gesuchte Code sechsstellig ist, hat Professor Moriarty der Einfachheit halber das E aus dem Codewort entfernt. Doch nun wenden wir uns dem Inhalt des Kryptex zu. Wie ich Moriarty kenne, wird er sonst tatsächlich einen der Nuklearsprengköpfe auf Quebec abfeuern.«

Dr. Watson stellt das Codewort KRYPTX ein. Als es sich öffnet, kommt eine Karte zum Vorschein.

»Was ist das denn?«, fragt der Kapitän irritiert. »Soll das bedeuten, dass sich mein Smutje irgendwo im Baffinmeer befindet? Und was bedeutet FOLGEN SIE DEM PFEIL, wenn es in der Karte gar keinen Pfeil gibt? Also, Mister Holmes, Ihr Professor Moriarty geht einem ganz schön auf die Nerven! Sie sind der Detektiv, finden Sie meinen Mann! Das ist ein Befehl! Ich bin auf der Brücke.«

Dr. Watson und einige Offiziere studieren die Karte vergeblich. »Der Hinweis auf den Pfeil ist eine Finte Moriartys«, mutmaßt der Erste Offizier.

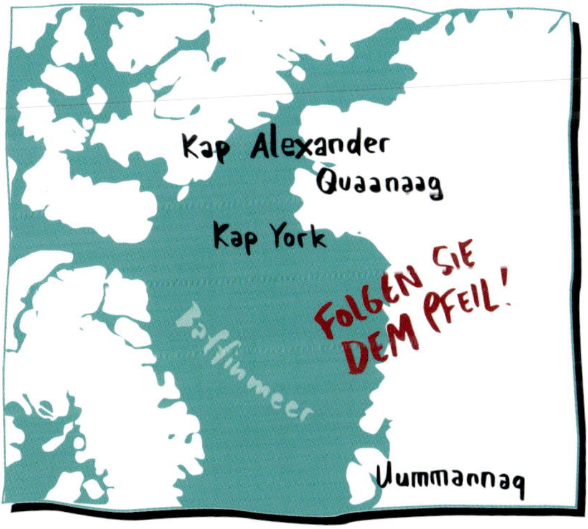

An welcher Stelle auf der Karte entdeckt Holmes einen Pfeil?

Der Kapitän nimmt Kurs Richtung Baffinmeer. Als Holmes und Watson die Brücke betreten, ruft er ihnen aufgeregt entgegen: »Und? Haben Sie die Lösung gefunden?«

»In der Tat, Herr Kapitän, das haben wir!«, antwortet Dr. Watson. »Wir sollten zum **Kap Alexander** fahren.«

»Wie kommen Sie darauf?«, fragt der Kapitän zweifelnd. »Nirgendwo auf der Karte ist ein Hinweis darauf, dass der westlichste Punkt Grönlands unser Ziel ist.«

Da zeigt Holmes ihm die Karte, auf die er in dem Wort zwischen dem e und dem x einen Bereich rot markiert hat – und dieser sieht tatsächlich wie ein Pfeil aus.

Kap Alexander

»Dr. Watson brachte mich auf die Idee, nach einem versteckten Pfeil zu suchen, als er erwähnte, wie oft Pfeile in Logos großer Unternehmen zu finden sind. Da fiel es mir wie Schuppen von den Augen!«

Als das U-Boot am Kap Alexander auftaucht, finden sie den Smutje Jacob – und zwar exakt an der Stelle, wo sich der Buchstabe x auf der Karte befindet. Jacob winkt Holmes zu sich: »Der Professor bat mich, Ihnen Folgendes zu sagen: ›Holmes, bezüglich der Thematik Überlegenheit gilt qed!‹ Können Sie damit was anfangen?«

Als Holmes das Passwort qed in den Computer eingibt, erhält der Kapitän sofort wieder die Kontrolle über die Atomsprengköpfe. Holmes erklärt: »›quod erat demonstrandum‹ steht für ›was zu beweisen war‹. Die Sache mit der Überlegenheit wird bei Moriarty langsam zu einer fixen Idee. Ah – das hatte ich vergessen. Herr Kapitän, Sie müssen sich einen neuen Smutje suchen, denn Jacob habe ich als Moriartys Komplizen unter Arrest stellen lassen!«

DETEKTIV-NACHWUCHS

»So eine Kreuzfahrt durch die Karibik ist wirklich entspannend«, sagt Watson, während er und Holmes auf dem Balkon ihrer Suite die letzten Sonnenstrahlen genießen. Als ein Containerschiff vorbeifährt, springt Holmes plötzlich auf.

Warum will er unverzüglich den Kapitän sprechen?

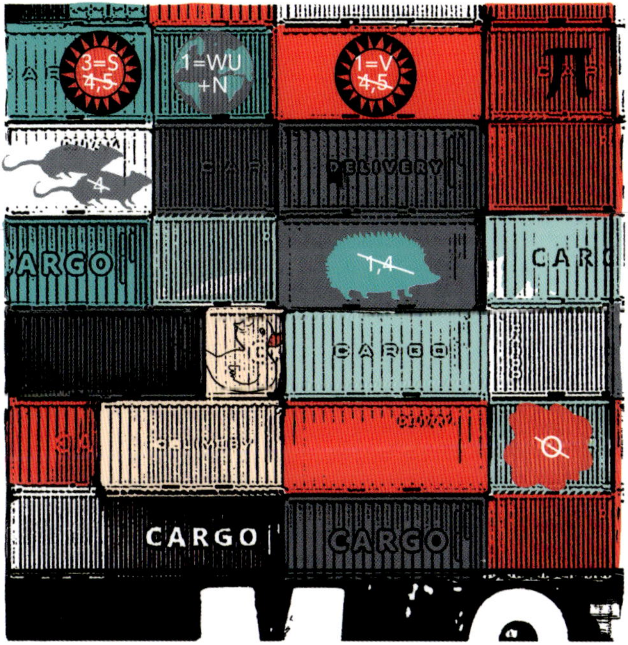

Der Kapitän informiert sofort die Küstenwache, die die Mannschaft des Containerschiffs befreit und die Piraten verhaftet. Als Sherlock Holmes in die gemeinsame Suite zurückkehrt, fragt Dr. Watson erstaunt: »Ich habe die Aktion vom Balkon aus verfolgt. Das nenne ich mal eine effiziente Einsatztruppe! Die Piraten waren in weniger als 20 Minuten unschädlich gemacht. Doch sag mal, Sherlock, irgendwas ist mir entgangen. Woher wusstest du, dass Piraten das Schiff gekapert haben?«

Erstaunt blickt Holmes seinen Freund an. Hatte er nicht die Botschaft auf den Containern gesehen? Es mochte zwar sein, dass sämtliche Container farbig waren und die Bilder in diesem Farbenrausch etwas untergingen, doch sogar einem weniger aufmerksamen Beobachter hätte die Botschaft ins Auge fallen müssen.

Weiter kommt er in seinen Überlegungen nicht, denn Watson sagt plötzlich: »Sherlock? **Sonne-Erde-Sonne-Pi-Ratten-Igel-Ente-Rot.** Richtig?«

SOS WURDEN VON PIRATEN GEENTERT

Holmes seufzt leise und setzt sich auf den Balkon. In Gedanken geht er nochmals sein Gespräch mit dem Schiffsmädchen Camila, einer 16-jährigen Puerto Ricanerin mit einem Faible für Tiere, durch. Das Containerschiff hatte sich bereits seit mehreren Tagen in der Gewalt der Piraten befunden. Nur Camila entdeckten sie nicht. Sie war es, die das Rätsel in Bildform auf die Container gemalt hatte. »Mutig, die Kleine!«, murmelt Holmes vor sich hin. »Ich bin gespannt, was Watson sagt, wenn er erfährt, dass ich Camila nach London eingeladen habe.« Zufrieden grinsend schläft Holmes ein.

EMPIRE STATE BUILDING

»Der Big Apple liegt uns zu Füßen, Sherlock!«, ruft Dr. Watson voller Enthusiasmus, als sie auf der Aussichtsplattform des Empire State Buildings stehen. Holmes hingegen hat kaum Interesse an dem atemberaubenden Ausblick. Vielmehr beobachtet er misstrauisch einen jungen Mann, der von einer Ecke in die andere tigert und nervös um sich blickt. Ein Taschendieb, so vermutet Holmes – und wird eines Besseren belehrt, als der Mann ohne Vorwarnung in Sekundenschnelle die Sicherheitsbarrieren überwindet und sich in die Tiefe stürzen will.

»Halt, nicht springen!«, ruft Dr. Watson, der Sherlocks Blick gefolgt ist. »Lassen Sie uns reden. Für jedes Problem gibt es eine Lösung.«

Da tritt Holmes an die Umrandung und sagt gelassen: »Wissen Sie, mein Freund, Sie können gerne springen. Doch obwohl ich der geniale Sherlock Holmes bin – mein Name kommt Ihnen gewiss bekannt vor –, plagt mich seit Tagen ein Problem, dem ich nicht Herr werde. Vielleicht hätten Sie die Güte, mir zu helfen, bevor Sie springen?«

Die freundlichen Worte verfehlen nicht ihre Wirkung, denn der Mann richtet seine Aufmerksamkeit auf diesen merkwürdigen Menschen mit dem englischen Akzent und dem kuriosen Hut auf dem Kopf. Darauf hat Holmes gewartet und sagt: »Stellen Sie sich vor, Sie würden von einer Bande Kannibalen in einer stockfinsteren Höhle tief unter der Erde gefangen gehalten.

Der Kessel brodelt bereits. Mit welchem Trick können Sie dieser unangenehmen Situation entkommen?«

»Du hast vielleicht Nerven, Sherlock!«, Watson kann sich kaum beruhigen, während sie mit dem Aufzug 86 Stockwerke nach unten fahren. »Wie kann man nur auf so eine absurde Idee kommen, einen Selbstmörder durch eine derart blöde Frage vom Sprung in die Tiefe abhalten zu wollen?«

»Es hat doch funktioniert!«, antwortet Holmes grinsend, denn der junge Mann – Brian – war vor Liebeskummer wie von Sinnen gewesen. Und Sherlock hat den Blick in Brians Augen genau richtig eingeschätzt. Brian war durch Sherlocks Frage so abgelenkt worden, dass er nach drei Minuten des Nachdenkens auf die Aussichtsplattform zurückgeklettert war und neugierig fragte: »Sie sind Sherlock Holmes, der berühmte Detektiv aus London? Aber Mister Holmes, die Lösung ist doch ganz einfach. Sie sagten ›Stellen Sie sich vor, Sie würden‹. Das ist ein uraltes Denksport-Rätsel, mit dem man lernen soll, um die Ecke zu denken. Thinking outside the box. Sagt Ihnen das etwas? Nein? Ich kann dieser unangenehmen Situation entkommen, indem ich **einfach aufhöre, mir so etwas vorzustellen.**«

Daraufhin hat sich »der berühmte Detektiv aus London« überschwänglich bei Brian bedankt, der anschließend vom Sicherheitsdienst in ein Krankenhaus gebracht wurde. Auf dem Weg zu den Aufzügen hatte sich Brian nochmals umgedreht und grinsend gerufen: »Wissen Sie was, Mister Holmes? Davon werde ich noch meinen Enkelkindern berichten. Opa hat dem großen Detektiv aus England geholfen!«

Der Liebeskummer schien wie weggeblasen! Mission erfüllt!

BESUCH IM WEISSEN HAUS

Verdutzt betrachtet Holmes das Weiße Haus, das sie eigentlich heute besichtigen wollten. Doch statt Richtung Besuchereingang zu gehen, wendet sich Holmes an einen Mitarbeiter des Secret Service, der das Anwesen bewacht.

Was bespricht er mit dem Agenten?

»Johannes Balthasar Friderici veröffentlichte diese Geheimschrift bereits 1685 in seinem Buch *Cryptographia, oder, geheime schrifft- münd- und würckliche Correspondentz : welche lehrmässig vorstellet eine hochschätzbare Kunst verborgene Schriften zu machen und auffzulösen*«, erklärt Holmes. »Und zwar – wenn ich mich recht erinnere – auf Seite 217. Lass mich mal geschwind im Netz nachschauen … Ha, mein Gedächtnis lässt mich selten im Stich: 217!«

Holmes hält Watson das Smartphone vor die Nase: »Friderici hat einfach die Buchstaben anhand von vier Kästchen dargestellt. Die Tücher in den Fenstern signalisieren somit **SOS**!«

»Aber Sherlock«, protestiert Watson. »Das ist unfair! Woher hätte ich das wissen sollen?«

»Darf ich deine Aufmerksamkeit auf deine ›Kleine Geheimschriften-Kunde‹ richten?«, erwidert der Detektiv. »Ich entsinne mich, dass du vor gar nicht langer Zeit diesen außergewöhnlichen Code vermerkt hast.«

»Was hat eigentlich der Agent des Secret Service gesagt?«, fragt Watson, der sich ärgert, dass er daran nicht gedacht hat. Holmes reagiert unwirsch: »Man sei informiert und habe die Lage im Griff. Erst wollte er mich umgehend verhaften, doch als ich ihm erklärte, mit wem er es zu tun hat, ließ er mich gehen. Doch ich fürchte, mein lieber Watson, wir müssen hierüber Stillschweigen bewahren!«

»NOT-SINCE-MOSES«-LAUF

»Sherlock, warte, ich habe Seitenstechen«, ächzt Watson. Der außergewöhnlich hohe Tidenhub in der Bucht Bay of Fundy in der kanadischen Provinz Nova Scotia erlaubt bei Ebbe einen – höchst anstrengenden – 10-Kilometer-Lauf über den Meeresboden. Holmes, der unbeirrt weiterläuft, ruft: »Ist dir in den Sinn gekommen, warum dieses jährliche Event ›Not Since Moses‹ genannt wird? Nun, du kennst doch die Geschichte aus der Bibel, in der Moses das Meer teilt, um den Israeliten die Flucht ... Watson? Alles in Ordnung?«

Dr. Watson hat sich schwer atmend auf den schlammigen Meeresboden fallen lassen und betrachtet sein Smartphone. Dankbar nimmt er die neue Textnachricht als Anlass, diesen Wahnsinn zu unterbrechen. »Sherlock, wir müssen sofort zurück! Die kanadische Regierung wird erpresst. Wenn sie nicht innerhalb von zwei Stunden eine Million Kanadische Dollar überweist, wird eine Brücke irgendwo in Kanada gesprengt. Unterzeichnet wurde der Erpresserbrief von einer Gruppe namens CARTOON-FEINDE. Hast du schon mal von denen gehört? Sherlock? Hast du mich verstanden? Wieso läufst du einfach weiter?«

»Übermittle der kanadischen Regierung, sie finden die Sprengsätze auf der ...«

Welche Brücke nennt Holmes dem verdutzten Watson?

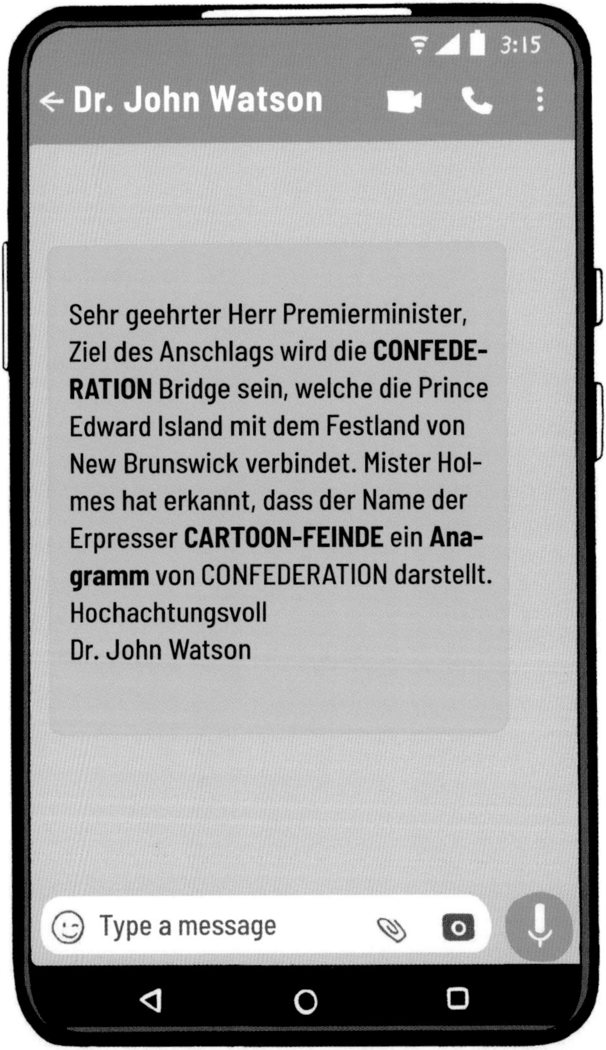
3:15
Dr. John Watson
Sehr geehrter Herr Premierminister,
Ziel des Anschlags wird die **CONFEDERATION** Bridge sein, welche die Prince Edward Island mit dem Festland von New Brunswick verbindet. Mister Holmes hat erkannt, dass der Name der Erpresser **CARTOON-FEINDE** ein **Anagramm** von CONFEDERATION darstellt.
Hochachtungsvoll
Dr. John Watson
Type a message

PRINCE EDWARD ISLAND

»Überraschung! Die Anweisungen sind ab Borden-Carleton zu befolgen. Bei jeder Abbiegung gelten neue Spielregeln.«

Mehr sagt Holmes nicht, als er Watson auf der Confederation Bridge eine Karte überreicht.

Welchen Ort erreichen die beiden, wenn sie Holmes' Anweisungen befolgen?

Systematisch dreht Watson die Karte entsprechend der Pfeile, um die Himmelsrichtung jedes Mal neu auszurichten: Bei  muss er die Karte ganz normal halten, bei  auf den Kopf stellen … Dementsprechend kommen sie nach knapp zwei Stunden in **Cavendish** an. Und von dort aus ist es nicht mehr weit bis zur Green Gables Farm. Die Erzählungen der Schriftstellerin Lucy Maud Montgomery rund um *Anne of Green Gables* sind zu kanadischem Kulturgut geworden. Watson liebt diese Bücher und Holmes hat ihm eine Freude machen wollen, indem sie nun den Hauptschauplatz der Romane besuchen.

GEFÄHRLICHER WELTRAUMKOLLER

Eigentlich wollte Sherlock Holmes nur seinem alten Weggefährten Dr. Jim Webstone einen Gruß per Live-Übertragung senden. Der berühmte amerikanische Chemiker leitet zurzeit auf der Internationalen Raumstation ISS ein Projekt, das der Entdeckung neuer chemischer Elemente dient. Eine große Ehre, wie er Sherlock versichert hat. Doch wenige Minuten, bevor Holmes und Watson im Houstoner Lyndon B. Johnson Space Center eintreffen, ist der Funkkontakt zur ISS abrupt abgebrochen. Es herrscht eine fieberhafte Aufregung, alle laufen und sprechen durcheinander …

Als Holmes die Mission-Control-Crew nach der letzten Botschaft fragt, überreicht man ihm mit den Worten »It's just gibberish« – Kauderwelsch – einen Ausdruck.

TiHBeFAl TiBArArScBLiNaCa VFMgMg
AlFCa FKK FeScAl AlHArK CMgFBNBSi

Holmes starrt die Buchstaben an, springt plötzlich auf und ruft: »Wer hat hier die Verantwortung?« Ein missmutig dreinblickender Mann kommt auf ihn zu und sagt: »Mr. Holmes, im Moment können wir uns nicht …« Weiter kommt er nicht, denn Holmes unterbricht ihn barsch: »Die Flugbahn der ISS muss regelmäßig korrigiert werden, damit sie nicht zu tief in die Atmosphäre eintaucht, richtig? Können Sie von hier aus die Triebwerke der ISS kontrollieren?«

Was hat Holmes vor?

»Du hast unseren alten Geheimcode nicht vergessen!«, sagt Jim erleichtert, nachdem Mission Control die Kontrolle über die ISS übernommen und die Mannschaft Vadim überwältigt hat. »Meist werden zur Kurskorrektur die Triebwerke angedockter Raumfrachter genutzt, doch die ISS verfügt auch über eigene Triebwerke. Diese wollte Vadim Grischenkow nutzen, um zum Mars zu gelangen. Unfassbar! Er muss hier im All verrückt geworden sein.«

»Erklärt ihr zwei mir diesen Geheimcode mal?«, unterbricht Watson. »Jedem Element im Periodensystem ist eine Ordnungszahl zugeordnet: Die von Wasserstoff H ist 1, von Helium He 2 … und dann?«

»A ist der 1. Buchstabe im Alphabet, B der 2. … Somit wird aus der ISS mit 9, 19, 19 einfach FKK mit Fluor, Kalium, Kalium«, erklärt Jim grinsend.

»So habe ich die Nachricht **Vadim verrueckt will mit ISS zum Mars fliegen** an Sherlock geschickt, ohne dass sie Vadim begriffen hat.«

A	B	C	…	I	…	S
1	2	3	…	9	…	19
H	He	Li	…	F	…	K

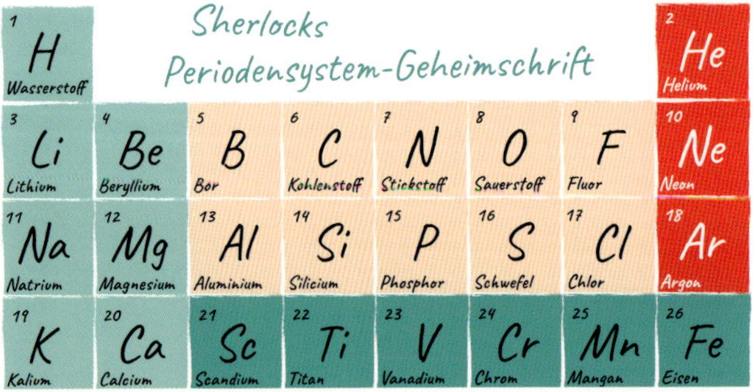

DER SCHATZ IN DER GOLDGRÄBERSTADT

»Ein verborgener Schatz in einer Goldgräberstadt. Welch faszinierendes Rätsel!« Nachdenklich betrachtet Holmes die vor ihm liegenden Fotos und Karten sowie die gerade erst entdeckte Botschaft von William »Billy« Barker, nach dem Barkerville benannt worden war. Der Goldsucher hatte kurz vor seinem Tod 1894 im Holzboden der St. Saviour's Anglican Church im heutigen kanadischen British Columbia eine Nachricht verborgen.

Wo findet Holmes den Schatz?

Ab 1862 war ich vom Glück gesegnet,
viele Jahre lang hat es Gold geregnet.
1868 brannte fast alles nieder,
doch schon Wochen später erbauten wir es wieder.
Wir zwei, die Stadt und ich, neigen uns dem Ende zu.
Doch was wird überleben? Das lässt mir keine Ruh.
Ich denke mir, die Frömmigkeit bleibt sicherlich bestehen.
Und der Freimaurer Masonic Hall wird auch nicht vergehen.
Drum tret ich vor das eine, hab die Glocke fest im Blick.
Genau dort liegt mein Schatz, ich lass ihn hier zurück.

William Barker, Barkerville 1893

»Dann ist der Schatz im Kirchturm verborgen!«, ruft Watson aufgeregt und läuft – ohne auf Sherlocks weitere Worte zu achten – mitsamt dem für die Nationale Geschichtsstätte Barkerville zuständigen Ministerialbeamten in Richtung Kirche. Doch nach einer Stunde kehren sie unverrichteter Dinge zu Holmes zurück, der vor der Freimaurerloge Masonic Hall auf sie wartet:

»Kein Goldschatz?«, fragt er schmunzelnd. »Ihr hättet die Nachricht in Ruhe lesen sollen. Der alte Barker war ziemlich gewitzt. Sowohl die Kirche als auch Masonic Hall haben die Jahrzehnte überstanden. Da er schreibt, ›Drum tret ich vor das eine, hab die Glocke fest im Blick‹, gehe ich davon aus, dass er den Schatz in den Bergen vergraben hat. Und zwar genau dort, **hinter dem Kirchturm – von hier aus gesehen.«**

Wenige Stunden später finden sie tatsächlich an genau dem von Holmes vorhergesagten Ort eine Truhe, vergraben im Erdreich. Doch in dieser Truhe ist kein Goldschatz, sondern Zeichnungen der Grafschaft Cambridgeshire, wo Barker 1817 geboren wurde. Nur Sherlock Holmes ist keineswegs überrascht: »Barker starb vollkommen verarmt und, wie ich vermute, litt er unter Heimweh.«

AN BORD EINES FLUGZEUGTRÄGERS

»Vortrefflich, Watson! Mir war nicht bewusst, dass deine Beziehungen auf militärischer Ebene so weit reichen.« Holmes strahlt geradezu – was auch verständlich ist, denn sie sitzen auf dem Hauptdeck eines britischen Flugzeugträgers. Natürlich ist das eigentlich kein passender Aufenthaltsort für Passagiere, doch wenn ein Sherlock Holmes diesen Wunsch äußert, erlaubt der Kapitän auch schon mal das Aufstellen von Liegestühlen auf dem Hauptdeck. Gerade fahren sie unter der Golden Gate Bridge hindurch Richtung Hawaii. Plötzlich springt Holmes auf: »Erinnerst du dich noch an unsere ersten Tage, als ich dir sagte, dass man sich – bevor man sich der Lösung hochgeistiger Probleme widmet – auf einfachere Aufgaben beschränken sollte? Mir scheint, nach den anstrengenden Abenteuern sollten wir nicht dem Müßiggang frönen, sondern uns mit kleinen Rätseln entspannen. Sieh mal ...«

Zuletzt verhaftete Lestrade einen Mann, der einen Breuch begangen hat. Weswegen wurde er angeklagt?

Selbst das ausgeklugeltste

hatte bis dahin versagt.

Lestrade verzichtete auf den Buchstaben und nahm stattdessen eine Zahl. Wohin ging er?

Lestrade checkte seinen

und erkannte: Er hatte einen Serientäter erwischt!

Was verbirgt sich hinter diesen vier Drudeln?

»Du bist wirklich ein unruhiger Geist, mein Guter!«, brummt Watson leicht verstimmt, da er eigentlich die Stille genießen wollte. Obwohl man angesichts der permanenten Geräuschkulisse, die an Bord eines Flugzeugträgers herrscht, wohl eher nicht von Stille sprechen kann. Seufzend betrachtet Watson die Rätsel, die einen – so Holmes – um die Ecke denken lassen.

e in Bruch => Einbruch	Profil in G => Profiling
Re4 => Revier	H in T ergr und => Hintergrund

Danach sieht sich Watson entspannt die rostrote Golden Gate Bridge an, die langsam in der Ferne verschwindet. Dichte Wolkenfelder ziehen vom Land heran und hüllen die 1937 eröffnete Brücke bereits in weiten Teilen ein.

»Was denkst du, Sherlock, was uns auf der Insel O'ahu erwartet?«, fragt Watson. »Schließlich bekommt man einen solchen Fall nicht alle Tage übertragen. Immerhin handelt es sich um einen verschwundenen MI5-Agenten, der bei seinen Kollegen bekannt dafür ist, ständig auf Alien-Suche zu gehen. Sherlock? Wo gehst du hin?«

Mit einem Blick auf seine Uhr sagt Holmes: »Wir verpassen die Teatime, mein Bester. Ich habe gehört, die Scones sollen an Bord ein Gedicht sein. Kommst du mit?«

ALOHA, MISTER HOLMES!

In Pearl Harbor angelangt, gehen Holmes und Watson unverzüglich von Bord. Auf dem Kai werden sie von Keanu Graham, einem Officer des Honolulu Police Departments, erwartet – und zwar mit dem traditionellen Shaka-Gruß.

»Das Shaka ist ein fester Bestandteil der Kultur Hawaiis, Sherlock, also beleidige niemanden und mache es ihm einfach nach«, flüstert Watson. »Die zur Faust geformte Hand wackelt, wobei Daumen und kleiner Finger abgespreizt werden. Verstehst du?« Dem verdutzten Blick des Meisterdetektivs ist zu entnehmen, dass dem nicht so ist. Und dann dieser Blumenkranz, der einen herzlich willkommen heißen soll. Das alles macht Holmes nervös. Erst als Officer Graham ihm den Fall des verschwundenen MI5-Agenten Mullins darlegt, entspannt er sich sichtlich.

»Mullins jagt Gespenstern hinterher, wenn Sie mich fragen. Er versucht schon seit Jahren, die Existenz Außerirdischer zu beweisen. Wir glauben, dass ihm etwas zugestoßen ist, doch bis auf diesen an Mullins adressierten Brief ohne Absender, den man in seinem Hotelzimmer gefunden hat, haben wir keine Spur. Einen Hinweis auf Mullins' Aufenthaltsort enthält dieses Rätsel auf jeden Fall nicht!«

Welcher Begriff tanzt jeweils aus der Reihe?
1) Avatar, Lebensform, Io, Exoplanet, Newton, Sternwarte
2) Löwe, Einhorn, Bärenhüter, Eridanus, Neutronenstern
3) Astrophysik, Urknall, Fixstern
4) Marsianer, Alien, Ufo, Neptun, Außerirdischer
5) Lovell, Orion, Armstrong

Liegt Keanu Graham mit dieser Annahme falsch?

Nachdem Watson vergeblich versucht hat, den jeweiligen Begriff zu identifizieren, wendet er sich an Holmes, der nur einen kurzen Blick auf den Zettel geworfen hat. Watson ist darüber auch nicht erstaunt, weiß er doch, dass sich Holmes nur mit solchen Wissensfeldern zu beschäftigen pflegt, die ihm bei der Lösung seiner Fälle weiterhelfen. Astronomie und Aliens gehören ohne Zweifel nicht dazu.

»Du denkst zu laut, mein lieber Watson«, sagt Holmes schmunzelnd. »Du hast dich gerade daran erinnert, dass ich im Fall der fünf Apfelsinenkerne erwähnte, dass ein Mensch seine kleinen Gehirnkammern mit dem füllen sollte, was er voraussichtlich brauchen wird. Alles Weitere kann getrost in den dunkelsten Winkel seiner Bibliothek gesteckt werden, wo man es im Notfall findet. Liege ich richtig?«

»Sherlock, ehrlich, manchmal denke ich, du kannst Gedanken lesen. Aber wie finden wir denn nun diesen Mullins?«

»Ich habe bereits arrangiert, dass uns ein Hubschrauber über Mauna Loa, den größten aktiven Vulkan der Erde, fliegt. Deinem überraschten Gesichtsausdruck entnehme ich, dass du auf die falsche Fährte bezüglich ›tanzt aus der Reihe‹ hereingefallen bist. Du musst hinter das Offensichtliche blicken. Die **Anfangsbuchstaben** ergeben **ALIENS LEBEN AUF MAUNA LOA**.«

Tatsächlich entdecken sie Mullins in der Nähe des Mauna Loa Observatory. SETI-Forscher, die sich mit der Suche nach außerirdischer Intelligenz beschäftigen, halten hier ihr alljährliches Treffen ab. Als sie Mullins zur Rede stellen, sagt er verdutzt: »Man hat mich als vermisst gemeldet? Unmöglich! Ich habe eine Woche Urlaub eingereicht. Das Rätsel war die Einladung zu diesem Event. SETI-Forscher haben mitunter einen skurrilen Sinn für Humor.«

DIE MOAI AUF RAPA NUI

Während des Fluges nach Rapa Nui, der Osterinsel, steckt eine Flugbegleiterin Holmes heimlich eine Postkarte zu.

Welche Botschaft ist in der Karte verborgen?

Sherlock Holmes erkennt direkt, dass man normalerweise der Sonne mitsamt »Muschel-Kompass« keine große Aufmerksamkeit schenken würde. Doch die Flugbegleiterin hat geschickt Buchstaben hinzugefügt. Einige Sonnenstrahlen weisen, wenn man diese verlängert, auf Moais hin. So werden die charakteristischen Steinfiguren auf Rapa Nui bezeichnet. **Die Länge der Sonnenstrahlen gibt die Reihenfolge der Buchstaben vor.** Der kürzeste Sonnenstrahl zeigt auf das L, der längste auf das T. Und so ergibt sich die Warnung **LUFTPIRAT**. Das Flugzeug muss unbemerkt gekapert worden sein! Vermutlich befindet sich einer aus der Bande inkognito im Passagierraum, um die Crew daran zu hindern, Alarm auszulösen. Als Holmes den finsteren Gesellen entdeckt, setzt er ihn mithilfe der Kampfkunst Bartitsu außer Gefecht. Dann überrumpelt er die beiden Luftpiraten im Cockpit.

Watson schüttelt bewundernd den Kopf: »Sherlock, dein Kickboxen ähnelte eher einem eleganten Tanz. Das war wahrlich ein denkwürdiger Anblick!«

IM REVIER DER BLAUFUSSTÖLPEL

»Von der Blaufußtölpel-Population weltweit lebt etwa die Hälfte auf den Galapagosinseln, das sind rund 20.000 Paare. Ich denke, das verdeutlicht die Brisanz der jetzigen Situation«, erläutert der Mitarbeiter der Charles-Darwin-Station. »Besonders der lustige Balztanz der Blaufußtölpel hat sich zu einem wahren Touristenmagneten entwickelt. Etwa 97 Prozent der Galapagosinseln stehen unter Naturschutz. Da ist das Interesse der vier größten ecuadorianischen Touristik-Unternehmen an diesem Grundstück nur zu verständlich. In Absprache mit den UNESCO-Mitarbeitern haben wir uns dazu entschlossen, das Areal, das direkt an der Küste der Insel Santa Cruz liegt, in vier Parzellen aufzuteilen. Und genau hier kommen Sie ins Spiel, Mister Holmes. Wir wissen nicht, wie wir dieses Areal in exakt vier identisch geformte und gleich große Landstücke einteilen können.

Haben Sie eine Idee?«

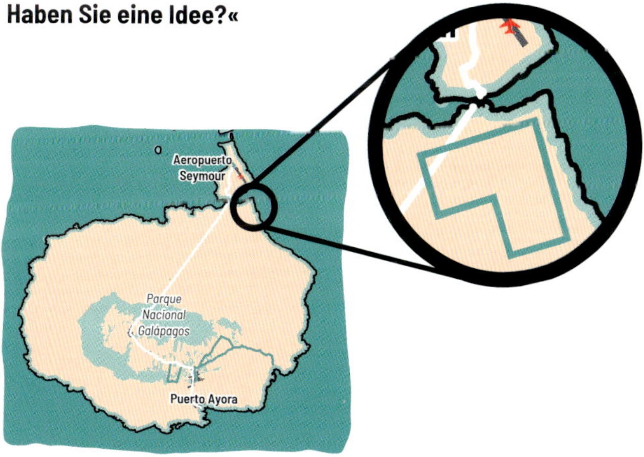

»Diese Aufgabe entspricht zufällig einem Denksport-Klassiker aus dem 18. Jahrhundert. Um dafür eine Lösung zu ermitteln, hätten sie mich nun wirklich nicht beauftragen müssen«, sagt Holmes missmutig, nachdem er dem Mitarbeiter der Charles-Darwin-Station die Lösung aufgezeichnet hat. Dieser eilt überglücklich zum Tourismus-Direktor, wobei er Holmes' Skizze fest in Händen hält.

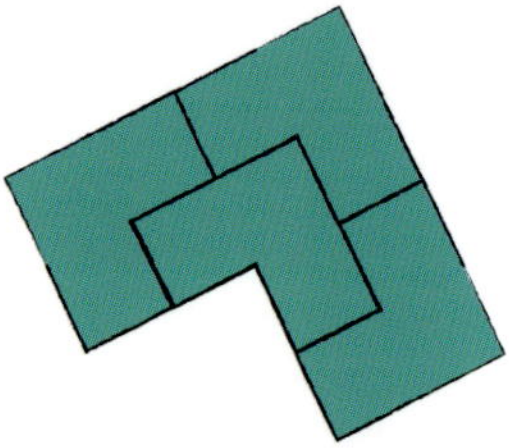

Watson hingegen ist tiefenentspannt: »Zur Abwechslung wurde mal niemand getötet, ausgeraubt oder entführt. Und auch Moriarty, den wir ja eigentlich in London zurücklassen wollten, der uns aber im Laufe der Reise permanent auf die Probe gestellt hat, lässt uns in Ruhe. Lass uns doch diesen berühmten Balztanz der Blaufußtölpel anschauen – wo wir schon mal hier sind.«

Und genau das machen die beiden dann auch!

TIERRA DEL FUEGO – FEUERLAND

Mit vor Kälte geröteten Wangen und glänzenden Augen betritt Watson ihre Unterkunft in Ushuaia, der südlichsten Stadt Argentiniens: »Was für ein Tag!«, sagt er zufrieden. »Im Tierra del Fuego-Nationalpark bin ich mit einer Schmalspurbahn gefahren, die den sinnigen Namen ›El Tren del Fin del Mundo‹ trägt, also ›Zug am Ende der Welt‹. Und erst die Bootstour über den Beagle-Kanal! Ich habe hunderte Seelöwen gesehen.« Als Watson keine Antwort erhält, fragt er: »Nun, Sherlock, wie war denn dein Tag?«

»Ich war im Leichenschauhaus«, antwortet Holmes. »Ursprünglich nur für Recherchen, doch zufälligerweise konnte ich behilflich sein.«

»Oh«, sagt Watson. »Was ist geschehen?«

»Der Teenager Joaquín wurde mit einem Stich mitten ins Herz getötet. Seine Mutter sollte ihn identifizieren, doch der Polizist hatte nichts Besseres zu tun, als die arme Frau zu verhaften. Du hättest mal seine Rechtfertigung hören sollen!« Sherlock rollt mit den Augen und äfft den Polizisten gekonnt nach: »›Was hätten Sie an meiner Stelle unternommen? Diese Frau spielt uns die Trauernde vor, bricht fast zusammen – und kann dennoch nicht eindeutig die Identität ihres Kindes bestätigen, obwohl das Gesicht des Jungen nicht verletzt wurde? Als sie dann noch darauf bestand, den Leichnam umzudrehen, war ich mir sicher, dass diese Frau etwas zu verbergen hat!‹ Pah, so ein Dilettant!«

Watson runzelt die Stirn: **»Darf ich fragen, wieso die Mutter ihren eigenen Sohn nicht direkt identifizieren konnte?«**

Als Watson auch Minuten später noch ratlos dreinblickt, verliert Sherlock Holmes die Geduld: »Ich fürchte, diese Weltreise hat dich ein wenig ermüdet, mein lieber Watson. Anders ist es nicht zu erklären, dass dir das Offensichtliche entgeht. **Joaquín hat einen Zwillingsbruder** namens Mahaleo! Die beiden Jungen sehen sich derart ähnlich, dass sogar ihre Mutter Probleme hat, sie auseinanderzuhalten. Nur eine kleine Narbe auf dem Rücken unterscheidet sie – daher ihre durchaus verständliche Bitte, den Leichnam ihres Sohnes umzudrehen.«

Watson betrachtet verlegen die Häuser der Stadt Ushuaia durch das Fenster. Die Lösung ›Zwillingsbruder‹ wäre ihm in der Tat niemals eingefallen. Mit einem tiefen Seufzer dreht er sich zu Holmes um und sieht ein breites Grinsen auf dem Gesicht seines Freundes, der sagt: »Gräme dich nicht, mein Lieber. Lass uns ins Restaurant gehen und ein saftiges argentinisches Rib Eye Steak essen. Das wird dich sicherlich aufmuntern. Und während des Essens berichte ich dir, weshalb ich eigentlich in der Leichenhalle war. Du hast doch bestimmt schon mal von dem argentinischen Professor gehört, der Experimente zur Kryotechnologie durchgeführt hat. Ich spreche von Kälteschlaf. In dem Leichenschauhaus gibt es einen überaus interessanten Keller, in dem der Professor Todkranke auf eigenen Wunsch hin eingefroren hat. Interesse geweckt?«

Mit diesen Worten hüllt sich der Detektiv schwungvoll in seinen Mantel, setzt sich den Deerstalker-Hut auf und blickt Watson erwartungsvoll an.

»Das nächste Mal nehmen wir ein richtiges Schiff. Ich bestehe darauf!«, sagt Holmes mit blassem Gesicht. »Erst das wackelige Fahrrad-Taxi in Juliaca und nun diese schaukelnden Floßboote aus Schilfrohr ...« – »Balsa de Totora«, hilft Watson aus. »Weißt du, wer Jaimito ist?«, versucht Watson seinen Freund abzulenken.

Als Holmes vorsichtig – damit ihm nicht noch schwindliger wird – den Kopf schüttelt, erklärt Watson: »Bei uns wird für Witze gerne Little Johnny verwendet, in Italien heißt er Pierino, in Deutschland Klein-Fritzchen, und hier in Peru ist es Jaimito. Lust auf einen Witz? Der Lehrer schimpft mit Jaimito, weil er von Liam abgeschrieben hat. Als Jaimito sagt, dass er das gar nicht wissen könne, antwortet der Lehrer: ›Liam hat bei Frage 4 *Ich weiß es nicht* geschrieben, in deiner Arbeit steht bei 4 *Ich auch nicht*.‹ Ob das typisch peruanischer Humor ist? Was hast du da eigentlich?«

»Bevor wir das Hotel in Juliaca verlassen haben, wurde dieses Bilderrätsel für mich abgegeben – mit dem Hinweis Titicacasee, Amantaní!«

Ratlos betrachtet Watson die Karte. »Soll das auch ein Witz sein?«

»Mitnichten, mein Lieber, mitnichten. Ich denke, das wird ausgesprochen spannend.«

Wie kommt Holmes auf diese Idee?

»3.800 Meter«, schnauft Watson. »So hoch liegt der Titicacasee, der höchste See der Welt. Und dieser Berg liegt auf 4.200 Metern. Kein Wunder, dass mir die Puste ausgeht. Und dann diese vielen Schafe, Esel und Ziegen. Doch sieh dir nur mal die Berge dort in der Ferne und den tiefblauen See an. Was für ein Traum!«

Am Pier der im Titicacasee gelegenen Insel Amantaní hatte man sie bereits erwartet. Das Inselvolk war zahlreich erschienen, um sie in Empfang zu nehmen. Der »Bürgermeister« Amantanís hatte Holmes das Rätsel geschickt – in der Hoffnung, den berühmten Detektiv aus England neugierig zu machen. Sie hatten ohne weitere Verzögerung den Aufstieg nach Pachamama (Mutter Erde), einem der höchsten Berge der Insel, in Angriff genommen. Hier soll Holmes einen »Kalten Fall«, einen **Cold Case (Cold heißt auch Erkältung, Case steht auch für Koffer)**, aufklären. Vor fünf Jahren waren zwei junge Schafhirten auf mysteriöse Weise verschwunden.

Natürlich kann Holmes den Fall klären, nachdem er sich mit der Umgebung vertraut gemacht hat. Doch als die Sonne untergeht, bekommt Watson nichts mehr mit, denn es herrscht eine Eiseskälte dort oben auf dem Gipfel und er friert erbärmlich. Tief in der Nacht erreichen sie das Haus der Gastfamilie, bei der sie schlafen würden. Mit dem Vorsatz, Holmes gleich morgen nach der Lösung des Falls zu fragen, schläft er ein.

GEHIRNWÄSCHE PAR EXCELLENCE

Watson blickt aus dem Fenster der Cessna, die über die berühmten Scharrbilder der Nazca-Hochebene fliegt. »Als Arzt habe ich den Hippokratischen Eid geleistet. Und diese Leute werfen ihr Leben einfach so weg, wegen einer verrückten Idee. Unfassbar, dass Sektenführer die Psyche von Menschen so tiefgreifend manipulieren können, dass sie Massensuizid begehen wollen. Gehirnwäsche ist das! Wusstest du, dass auch Kinder zu der Sekte gehören?«

Die Regierung Perus hat sich hilfesuchend an Sherlock Holmes gewandt. Ihr liegen Informationen vor, dass sich die 74 Mitglieder der Sekte »AW – Aliens Welcome« heute irgendwo in der Hochebene treffen wollen, um ihrem Leben kollektiv ein Ende zu setzen. Da blickt Holmes plötzlich angespannt in die Tiefe.

Was hat Sherlock Holmes entdeckt?

Als Holmes und Watson wieder auf dem Aeropuerto Maria Reiche Neuman in Nazca landen, erklärt Holmes, wieso dieses spezielle »Scharrbild« den Treffpunkt der Sektenmitglieder verraten hat.

»Das war ziemlich raffiniert, muss ich zugeben. Den AW-Mitgliedern wurde von ihrem Sektenführer angeraten, einen Nazca-Rundflug zu buchen. Vollkommen unverfänglich. Als ›Experten‹, die auf die Rückkehr der Außerirdischen auf die Erde warten, ist ihnen natürlich das ›neue‹ Scharrbild sofort ins Auge gefallen. Um 90 Grad gedreht besagt es **FOLGT DEM SCHNABEL DES KOLIBRIS**! Der Kolibri ist eines der berühmtesten Scharrbilder überhaupt. Die Mitglieder haben sich rund zwei Kilometer in dieser Richtung unter einer riesigen, sandfarbenen Plane getroffen, die aus der Luft nicht zu erkennen ist.«

Watson schüttelt den Kopf: »Ich bin heilfroh, dass wir diesen Massensuizid verhindern konnten. Warum hat der Sektenführer ausgerechnet jetzt beschlossen, die Hoffnung auf die Rückkehr der Aliens aufzugeben?«

»Wer kann schon sagen, was in einem derart verwirrten Kopf vor sich geht«, meint Holmes seufzend.

KATHEDRALE VON BRASÍLIA

»Warum wollten Sie einen Anschlag auf die Kathedrale von Brasília verüben?«, fragt Holmes den Täter, der kurz vor Zündung des Sprengsatzes aufgrund eines anonymen Hinweises verhaftet worden war.

Der Mann blickt sich ängstlich um und stottert dann drauflos: »Mister Holmes, ich weiß nicht, was Sie von mir wollen. Ich war nur zufällig vor Ort und habe nichts mit einem Anschlag zu tun. Alles begann am 23.09. Da dies mein Geburtstag ist, erinnere ich mich ganz genau an diesen Tag. Ich holte um 18:23 Uhr ein Paket meiner Mutter von der Post ab. Darin befanden sich Geschenke: eine Uhr, die 5:18 Uhr zeigte, eine Eintrittskarte für das Planetarium von Brasília, datiert auf den 04.05., Eintritt ab 14:01 Uhr. Dementsprechend war ich heute von 2:07 Uhr bis 5:08 Uhr in diesem Planetarium. In der Pause der Vorstellung habe ich um 15:05 Uhr einen kleinen Spaziergang gemacht, und abends, so gegen 18:20 Uhr, bin ich vom Planetarium aus nach Hause gegangen. Und mein Heimweg führt mich nun mal an der Kathedrale vorbei, doch von einem Anschlag weiß ich nichts!«

Erschöpft lehnt sich der Mann zurück und fixiert Holmes mit eindringlichem, ja geradezu flehentlichem Blick. Watson steht mit den Worten »Was für ein Unsinn!« genervt auf, doch Holmes ruft nach dem brasilianischen Kommissar und äußert eine Bitte.

Welche?

»Welch erstaunliches Bauwerk!«, sagt Sherlock Holmes ergriffen, als sie vor der Kathedrale von Brasília stehen. »Ich habe gehört, dass die Akustik ganz hervorragend sein soll.«

»Dann lass sie uns in der Kathedrale ausprobieren, indem du mir endlich erklärst, warum du den Täter in einem abhörsicheren Raum verhören wolltest«, sagt Watson übellaunig.

»Mir scheint, dein Körper war zwar anwesend, doch dein Verstand war wohl anderweitig beschäftigt. Sonst wäre dir nicht die Bedeutung der Zahlen entgangen, die der Täter nannte: **23 für W, 9 für I, 18 für R ...** Der gute Mann hat mir hierdurch unmissverständlich mitgeteilt **WIR WERDEN ABGEHOERT**. Wie du weißt, hatte man seine Familie entführt und als Druckmittel gegen ihn verwendet. Daher meine Bitte nach einem abhörsicheren Raum.«

EL CAMINO DE LA MUERTE

Watson springt aus dem klapprigen Minibus und ächzt. »Sherlock, was genau wollen wir jetzt in diesem Bergdorf?«

Der Detektiv tritt gut gelaunt neben ihn und zieht einen Brief aus seinem Gepäck. »Watson, habe ich dir schon mal von Mishel Wilmer erzählt? Sie ist eine berühmte bolivianische Berufskollegin, die ich sehr bewundere. Wir fordern uns bisweilen gegenseitig mit Geistesübungen heraus. Als sie von unseren Reiseplänen erfuhr, schickte sie mir diesen Brief, den ich in Coroico öffnen soll. Du darfst gespannt sein, denn sie hat eine besonders knifflige Herausforderung angekündigt!«

> TRE IV RESER RED EAR ROT
> OMI EWZ HCU EEBA HHCI!
> SE DOTS ED ES SART SRED
> FU AS SAP SI F IV
>
> *Mishel Wilmer*

Als Holmes die Zeilen überfliegt, verfinstert sich sein Blick: »Diese Mishel! Sie hatte schon immer einen speziellen Sinn für Humor. Mein guter Watson, ich fürchte, die eigentliche Herausforderung steht uns noch bevor.«

Was meint Holmes damit?

»Die Straße des Todes? Das ist nicht dein Ernst, oder?«, fragt Watson entgeistert. »Du weißt, dass ich an Höhenangst leide und hier in Bolivien im Dezember auch noch Regenzeit ist!«

Doch Holmes hat es sich in den Kopf gesetzt, die ungewöhnliche Herausforderung der berühmtesten Detektivin Boliviens anzunehmen: »Wenn man mir den Fehdehandschuh hinwirft, weiche ich nicht zurück!«

Daher fahren sie nun auf der vom Regen aufgeweichten einspurigen Todesstraße in Richtung La Paz, vorbei an zahlreichen Kreuzen, die solche Stellen markieren, an denen unter anderem Busse in die Tiefe gestürzt sind.

Während einer Rast erläutert Holmes, wie die Geheimschrift zu entschlüsseln ist: »Die ursprüngliche Nachricht ...

VIEL SPASS AUF DER STRASSE DES TODES!
ICH HABE EUCH ZWEI MOTORRAEDER RESERVIERT

wird willkürlich in Blöcke unterschiedlicher Länge eingeteilt ...

VI ELS PAS SA UF DERS TRAS SE DE STOD ES !ICHH
ABEE UCH ZWE IMO TOR RAE DER RESER VI ERT

und dann rückwärts aufgeschrieben ...

TRE IV RESER RED EAR ROT OMI EWZ HCU EEBA
HHCI! SE DOTS ED ES SART SRED FU AS SAP SLE IV

Ganz einfach!«

Watson schüttelt den Kopf: »Und ich dachte, die geheime Botschaft hätte was mit roten Ohren (RED EAR), einer Großmutter (OMI) und Punkten (DOTS) zu tun. So kann man sich irren!«

DAS TAL DER HUNDERTJÄHRIGEN

Das Testament von Juri Iwanow, einem alten Bekannten von Sherlock Holmes, hat Watson und ihn in das ecuadorianische Dorf Vilcabamba geführt. Dort hatte der aus Sankt Petersburg stammende Kapitän seinen Lebensabend verbracht, vermutlich weil das Dorf dafür bekannt ist, dass seine Bewohner unfassbar alt werden. Vor Kurzem ist Iwanow schließlich im Alter von 108 Jahren verstorben und hat Sherlock zwei Gegenstände vermacht, die dieser persönlich abholen soll.

»Gott hat eben Spaß an uns Alten«, scherzt die Greisin, die Holmes und Watson zu Iwanows Häuschen führt, wo der Notar schon auf sie wartet. Er überreicht Holmes zwei Gegenstände – eine kleine honigfarbene Figur und ein Kryptex, das mit einem 9-stelligen Buchstabencode gesichert ist. Als der Detektiv das Kryptex in die Hand nimmt, erklingt aus dem Inneren ein leises Gluckern.

»Mein Klient hat noch einen Passus in sein Testament eingetragen. Er lautet ›Zu gerne würde ich dein Gesicht sehen, wenn du dem Geheimnis auf die Schliche kommst. Dir konnte noch nie jemand ein X für ein U vormachen, du ›Alter Zausel‹! Juri‹.«

»Dieser alte Haudegen!«, sagt Holmes, als er mit Watson allein ist. »Ich hatte immer die Vermutung, dass Juri was verbirgt, doch das übertrifft meine kühnsten Erwartungen.«

Von welchem Geheimnis spricht Juri?

Zwei Wochen später stehen Holmes und Watson im Deutschen Historischen Museum in Berlin, in das die Teile des Bernsteinzimmers gebracht worden sind. Der Museumsdirektor redet aufgeregt auf den Detektiv ein: »Mister Holmes, dass Sie das **Geheimnis des verschollenen Bernsteinzimmers** lüften konnten, ist unglaublich. Dieses Zimmer hat eine lange Reise hinter sich. 1716 erhielt es Zar Peter I. von Russland vom preußischen König Friedrich Wilhelm I. als Geschenk. 1941 demontierten deutsche Truppen das Zimmer und brachten es nach Königsberg, doch es verschwand in den Kriegswirren. Niemals wären wir auf die Idee gekommen, dieses Juwel der Geschichte in Ecuador zu suchen. Aber sagen Sie, wie ist Ihnen die Entschlüsselung des Kryptex eigentlich gelungen?«

»Iwanow kommandierte einst ein Frachtschiff, das Container nach Ecuador lieferte«, erläutert Holmes. »Zufällig fand er heraus, dass sich in einem davon das Bernsteinzimmer befand. Vom Hafen Guayaquil aus verfolgte er 400 Kilometer lang heimlich den Lastwagen, der den Container transportierte, bis nach Vilcabamba – wo Iwanow sich später niederließ. Er freundete sich mit dem Multimillionär an, der das Bernsteinzimmer nach dem Zweiten Weltkrieg unter der Hand erworben hatte. Als dieser vereinsamt starb, zeichnete Iwanow eine Karte des Verstecks und legte sie in das Kryptex, damit dieses Wissen nicht verloren gehen würde.«

Watson ergreift das Wort: »Die Schreibweise der Anrede ›Altcr Zausol‹ war ein klarer Hinweis auf die **Atbash-Geheimschrift**, bei der **A zu Z** wird. Somit ergab YVIMHGVRM das Lösungswort **BERNSTEIN**. Im Kryptex war übrigens eine Flüssigkeit, die bei Eingabe des falschen Lösungswortes diese Karte für immer zerstört hätte.«

DER UNTERGANG DER MAYA

»Heute berichte ich live für den Discovery Channel aus der sagenumwobenen Stadt Chichén Itzá, wo es Sherlock Holmes gelungen ist, ein wahres Meisterwerk der Deduktion zu vollbringen. Die seit vielen Jahrhunderten bekannten Reliefs auf den Stufen der Tempelpyramide des Kukulcán wurden endlich entschlüsselt! Dabei scheint eine kurz zuvor von Holmes' Partner Dr. John Watson gemachte und schriftlich niedergelegte Entdeckung eine tragende Rolle zu spielen. Moment, da kommt der große Detektiv. Mister Holmes, bitte verraten Sie uns, **wodurch war die Hochkultur der Maya dem Untergang geweiht?«**

Eine Stunde später stehen Holmes und Watson oben auf der Stufenpyramide und betrachten die aufgeregte Menschenmenge am Fuße der Pyramide.

»Im Endeffekt ist diese erstaunliche Kultur also aufgrund von Missernten untergegangen. Die Maya sind schlichtweg und ergreifend verhungert!«, sagt Dr. Watson kopfschüttelnd, doch Holmes beschäftigt etwas ganz anderes.

»Dieser Reporter wusste noch nicht einmal, dass der Begriff ›3 Schwestern‹ für eine Mischkultur aus Mais, Bohnen und Kürbissen steht«, sagt Holmes irritiert. »Wen wundert es da, dass er die Aussage der Reliefs **VERLUST DER 3 SCHWESTERN** nicht versteht.«

»Du musst zugeben, Sherlock, dass wir dieses Mal mehr Glück als Verstand hatten«, meint Watson, den die Überheblichkeit seines Freundes gerade in diesem Moment extrem stört. »Hätte ich nicht letzte Woche durch Zufall die Maya-Schatztruhe in dieser Höhle entdeckt und die Zeichnungen akribisch in mein Notizbuch übertragen, hättest du die Reliefs auf der Pyramide auch nicht entziffern können.«

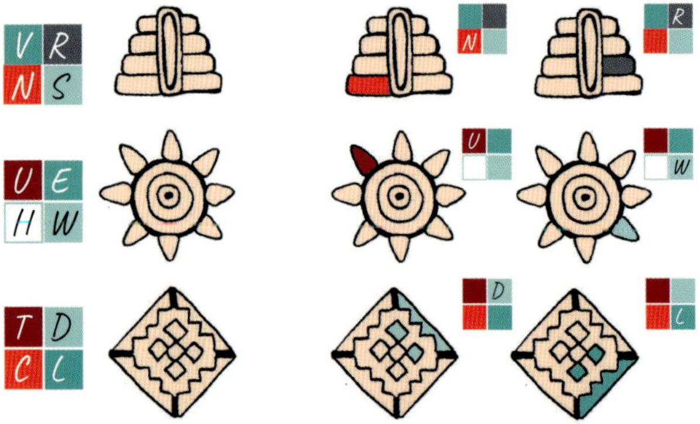

DÍA DE LOS MUERTOS

Ende Oktober halten sich Holmes und Watson in Mexiko auf, um den traditionellen Tag der Toten – den Día de los Muertos – mitzuerleben. Mrs. Hudson hatte diese Feier als »junges Küken«, wie sie leise kichernd erzählte, erlebt. Bei einer Tasse Tee hat sie, bevor Holmes und Watson zu ihrer Weltreise aufgebrochen sind, begeistert von den Skeletten, die durch die Straße wandern, und den gruseligen Partys auf den Friedhöfen berichtet.

»Sherlock«, hat sie gesagt, »Sie müssen unbedingt die bunten Totenschädel aus Zuckergebäck, die Skelette aus weißer Schokolade und die Särge aus dunkler Schokolade kosten. Und erst der Duft des frisch gebackenen Totenbrotes, des Pan de Muerto ... himmlisch!«

Doch anscheinend hat jemand eine dieser Leckereien in ganz Mexiko-Stadt vergiftet. Etliche Stadtbewohner liegen mit Vergiftungserscheinungen im Krankenhaus, auch Todesopfer sind schon zu beklagen. Da trifft eine Botschaft für Holmes ein.

Ist hierin ein Hinweis enthalten?

Holmes, wenn Sie so genial sind, wie alle denken, wird es Ihnen ein Leichtes sein, weitere Todesopfer zu verhindern.

Gel-Asche-Ranke-Meise-Eben-Ecke-Mail-Aus-Boot-Norm-Ost-Raum-Stern

Dr. Watson brütet über der Nachricht und probiert alle Varianten durch: nur die Anfangsbuchstaben lesen, rückwärts lesen, im Alphabet verschieben, nur jeden 2. oder 3. Buchstaben des Wortes lesen ... vergeblich. Plötzlich fällt ihm auf, dass Holmes im Nebenraum telefoniert.

»Si Señor, die Lage ist todernst, das kann ich Ihnen versichern. Warnen Sie die Bevölkerung vor dem Verzehr der Totenbrote. Die Botschaft lautet **EL PAN DE MUERTO**. Ich habe gehört, es wird traditionell mit Anis gebacken. Darf ich Sie im Rahmen eines kleinen Exkurses darauf hinweisen, dass der Gefleckte Schierling oftmals mit Anis verwechselt wird, wodurch es zu Vergiftungen kommt. Daher stammt auch der Begriff Schierlingsbecher ... Bitte? Was das mit dem Fall zu tun hat? Ist doch offensichtlich! Der Erpresser hat den Bäckern einfach ›falschen‹ Anis untergeschoben. Möglicherweise ein Lieferant. Ja, tun Sie das. Adiós!«

Als Holmes ins Zimmer zurückkehrt, sagt er irritiert: »Ungeduldiger Zeitgenosse, dieser Bürgermeister.«

»Wahrscheinlich möchte er einfach keine Zeit vergeuden, wenn das Leben seiner Bürgerinnen und Bürger auf dem Spiel steht«, antwortet Watson. »Sag mal, wie bist du auf die Lösung gekommen?«

»Der Verfasser der Nachricht hat die Anfangsbuchstaben weggelassen. Ich habe einige Wörter durchprobiert und ›El Pan de Muerto‹ erhalten: **E**gel, **L**asche, **P**ranke, **A**meise, **N**eben, **D**ecke, **E**-Mail, **M**aus, **U**-Boot, **E**norm, **R**ost, **T**raum, **O**stern«, erläutert Holmes. »Und nun, mein Lieber, lass uns daran teilhaben, wie die Seelen der Verstorbenen zu ihren Lieben zurückkehren. Auf zu den Geistern!«

GEFANGEN IM GREAT BLUE HOLE

In Belize residieren Holmes und Watson in einem Hotel inmitten des Lighthouse Reef Atolls – ganz in der Nähe der Sinkhöhle »Great Blue Hole«, die Taucher aus aller Welt anzieht. Arrangiert wurde diese exklusive Unterkunft von Königin Elizabeth II., die auch Staatsoberhaupt von Belize ist und Holmes noch einen Gefallen schuldete, da er für eine äußerst pikante Angelegenheit eine Lösung gefunden hatte.

Doch als er gerade mit Watson zu einer Tauch-Exkursion aufbrechen will, stürzt eine verzweifelte Frau auf sie zu: »Sind Sie Holmes? Dann müssen Sie mir helfen! Piraten haben meine Tochter beim Tauchen überwältigt und in eine Höhle im Great Blue Hole gesperrt. Sie ist unter Wasser, in einem Käfig, der mit einem Schloss gesichert ist! Ein dreistelliger Zahlencode ist notwendig. Ich fand diesen Zettel, der an Sie adressiert ist. **Was hat das zu bedeuten?«**

Nachdem Holmes Moriartys Nachricht genauestens studiert hat, wendet er sich an die Frau: »Der Zahlencode lautet **555.**«

Nachdem die Tochter befreit worden ist, erläutert Holmes dem verwunderten Watson die Lösung: »Dieser Moriarty! Kein Wunder, dass man ihn als Napoleon des Verbrechens bezeichnet. Das war knifflig – selbst für ...«

»Holmes!«, ruft Watson genervt. »Bitte!«

»Ja, also ... Wo war ich? Ah – bei dem Hinweis. ›Was buchstäblich vermisst wird‹ ließ mich die Botschaft genauer unter die Lupe nehmen ... und siehe da: Aus dem Alphabet mitsamt Umlauten **fehlen** die Buchstaben **F, N und Ü**, woraus man **FÜNF** bilden kann. Nun hatte ich schon das, was ›buchstäblich vermisst wird‹. Laut Moriarty wird dies ›dreimal gebraucht‹, und das Schloss konnte mit einem **dreistelligen Zifferncode** geöffnet werden. Ergo: **555.**«

Holmes! Ja, auch im Tauchparadies beim Äquator bleibe ich bei Ihnen! Sorry, dass ich Sie das x-te Mal behellige, doch die Uhr tickt, dies ist das Plädoyer der Zeit. Was buchstäblich vermisst wird, wird dreimal gebraucht. Gruß vom Bösewicht! M.

Zufrieden mit sich und der Welt macht sich Holmes auf in Richtung Bootssteg, denn das Great Blue Hole wartet auf ihn!

INDUSTRIESPIONAGE IN LA HABANA

»Ich sehe acht Mütter mit Kleinkindern – alle Mütter mit Smartphones in der Hand, sehr befremdlich. Dahinten laufen vier Hunde inklusive Herrchen, dort ist eine junge Dame, die eine Drohne steuert, und gleich daneben eine Horde Teenager, die auch mit Smartphones bewaffnet sind. Ich zähle 14 Pärchen … Soll ich fortfahren, oder verrätst du mir endlich, auf wen wir hier warten?«, fragt Holmes gelangweilt. Die beiden sitzen in Havanna im Parque de la Fraternidad.

»Geduld!«, schmunzelt Watson, der es sichtlich genießt, zur Abwechslung mal Sherlock zappeln lassen zu können. »Mein alter Freund James Grinton hat nach seiner Militärzeit eine Sicherheitsfirma gegründet und sich auf Wirtschaftsspionage spezialisiert. Siehst du das Hotel Saratoga dort am Rande des Parks? Seit gestern treffen sich dort – was streng geheim ist – die Führungskräfte der Top-20-Unternehmen zum einwöchigen Symposium *Künstliche Intelligenz*. Obwohl James umfassende Sicherheitsmaßnahmen getroffen hat, wurden Infos aus den Gesprächen im Darknet zum Kauf angeboten. James hat mich um Hilfe gebeten.«

In der Meeting-Pause führt sie Grinton in der obersten Etage des Hotels in einen schalldichten Raum, der ohne Body-Scan nicht betreten werden darf. Große Fenster offenbaren einen herrlichen Blick auf den Park. Auf einem riesigen LED-Display an der Wand würden normalerweise die Daten der CEOs präsentiert, erklärt Grinton, der weiter über die von ihm getroffenen Sicherheitsmaßnahmen berichtet. Doch Holmes winkt ab: »Dieser Raum ist offenkundig nicht sicher!«

Was meint er damit?

»Ich stehe tief in Ihrer Schuld! Wie konnte mir diese Begebenheit entgehen, das ist mir unbegreiflich!«, sagt James Grinton, wobei er unentwegt Holmes' Hand schüttelt. Aus Dankbarkeit hat er Watson und Holmes im Hotel Saratoga die beiden besten Zimmer gebucht – für eine Dauer von zwei Wochen.

Und tatsächlich ist es für den professionellen Sicherheitsspezialisten mit dem hervorragenden Ruf ein wenig peinlich, dass er etwas so Offensichtliches wie eine **vor dem Hotelfenster schwebende Drohne** übersehen hat. Die mit einer extrem leistungsfähigen Kamera ausgestattete Drohne hat sämtliche Informationen, die die Führungskräfte auf das LED-Display übertragen hatten, ganz einfach gefilmt und an die Frau, die Holmes bereits im Park aufgefallen ist, übermittelt. Die Dame ist mittlerweile verhaftet und wegen Industriespionage angezeigt worden.

Als Holmes und Watson am Abend an der Hotelbar sitzen und die Palmen in dem prachtvollen Raum bewundern, muss Watson plötzlich leise lachen: »Ich wette, Sherlock, dass sämtliche Teilnehmer des Symposiums ab sofort stets die Vorhänge in ihren Zimmern zuziehen werden.«

»Da könntest du sogar recht haben«, antwortet der Detektiv nachdenklich. »Mein guter Watson, was machen wir in den kommenden zwei Wochen? Vielleicht geschieht ja ein schöner Mord hier im Hotel oder etwas ähnlich Erfrischendes!«

DIE ELFEN MÜSSEN WARTEN!

»Eine Woche La Gomera – der Himmel auf Erden«, denkt Watson. Dario, den sie für drei Tage als Wanderführer angeheuert haben, entpuppt sich allerdings als Quasselstrippe: »Wussten Sie, dass El Silbo, unsere einzigartige Pfeifsprache, 1982 von der UNESCO als zu schützendes Weltkulturerbe eingestuft wurde? Möchten Sie auch den Lorbeerwald besuchen? Dort gibt es Laubfrösche, Eidechsen und natürlich Lorbeertauben. Man sagt, dort hausen auch Elfen und Gnome. Wenn man das Moos auf den Bäumen sieht und die meterlangen Flechten, die von den Ästen herabhängen, und die Nebelschwaden durch den Wald ziehen, glaubt man das sofort.«

»Und welcher Vogel war das gerade?«, fragt Dr. Watson, als ein melodisches Trillern ertönt, doch die Antwort bleibt Dario schuldig, denn Holmes' Smartphone gibt ebenfalls einen zwitschernden Ton von sich.

»Ich fürchte, wir können die Elfen heute nicht besuchen. Watson, die Polizei erwartet uns. M hat erneut zugeschlagen«, sagt Sherlock mit einem bedeutsamen Blick. »Da kann man wohl nichts machen«, seufzt Watson. »Also zurück zum Auto, Dario!« Der Wanderführer wirkt enttäuscht: »Wie schade! Na, dann fahre ich Sie beide mal zum Hafen.«

Dario bringt sie ohne Umwege zum Hafen von Valle Gran Rey, wo die Fähre in Kürze Richtung Teneriffa ablegen würde, wie er ihnen versichert. »Darf ich fragen, wer dieser M ist?« Statt Darios Frage Beachtung zu schenken, zückt Holmes sein Smartphone und antwortet auf die Nachricht, die er vorhin erhalten hat.

Welche Überraschung erlebt Watson im Hafen?

Im Hafen von Valle Gran Rey **wird Dario schon von der Polizei erwartet.** Unter lautem Protest führen ihn die Polizisten in Handschellen ab.

»Okay – das warst du, Sherlock«, stellt Watson trocken fest. »Ich gebe zu, er ist eine Nervensäge, aber deswegen musst du ihn doch nicht gleich verhaften lassen. Da ist unsere Fähre. Komm, wir müssen uns beeilen!«

Die knapp einstündige Fahrzeit nutzt Holmes, um seine Beweggründe zu erläutern: »Mein lieber Watson, wie lange kennen wir uns nun schon? Ich sage nur: permanente Wachsamkeit! Ist dir tatsächlich nicht aufgefallen, dass **Dario uns, ohne nachzufragen, direkt zum Hafen gebracht hat** und nicht in unser Hotel auf La Gomera? Woher wusste er, dass auf Teneriffa ein Verbrechen begangen wurde? Dafür gibt es nur eine Erklärung! Er ist ein **Komplize Moriartys**! Und hatte er nicht gerade erst von der Pfeifsprache El Silbo erzählt? Es war mitnichten ein Vogel, den du gehört hast, sondern ich vermute, man hat ihn auf diesem Wege darüber informiert, dass der Coup auf Teneriffa gelungen ist.«

Watson schüttelt nur frustriert den Kopf und betrachtet das Meer. Da – Delfine springen munter aus dem Wasser. Wenigstens sie haben Freude an diesem Tag!

Doch auch Holmes ist am Abend gefrustet! Moriarty hat bei dem durchaus genial geplanten Banküberfall – wie Holmes ohne Neid anerkennt – ein kleines Vermögen erbeutet. Da sie die letzte Fähre nach La Gomera verpasst haben, bleiben die beiden in dieser Nacht auf Teneriffa. »Ich mag mir gar nicht vorstellen, welche neuen Untaten er damit finanziert«, sagt Watson, der todmüde ins Bett fällt. »Zu schade, dass wir stets nur die Handlanger verhaften können und Moriarty uns immer wieder durch die Finger schlüpft.«

82 | ÜBER DEM ATLANTIK

»Bei allem Respekt, Holmes, aber das musst du mir noch mal ganz langsam erklären«, sagt Watson, während er stirnrunzelnd zum tosenden Atlantik hinabschaut. Eben noch waren sie auf Teneriffa durch die Hauptstadt Santa Cruz de Tenerife geschlendert, im nächsten Augenblick sitzen sie in einem knatternden Hubschrauber Richtung Südafrika.

Statt Holmes antwortet der Geheimagent, der sie begleitet: »Mister Holmes, dessen Fähigkeiten in Bezug auf Geheimschriften legendär sind, war so freundlich, einen Blick auf eine verschlüsselte Botschaft zu werfen, die an die schottische und südafrikanische Regierung adressiert war. Nach der Entschlüsselung dieser Geheimschrift wurde uns bewusst, dass die Drohung als ernst eingestuft werden muss.« Mit diesen Worten reicht er Watson eine Notiz.

Worum geht es in der verschlüsselten Nachricht?

Mithilfe seines Notizbuches, in das Watson auch die **Freimaurer-Geheimschrift** eingetragen hat, gelingt es ihm in kürzester Zeit, die Botschaft zu entschlüsseln.

Rache für die Waratah
Die Pest wird über Bo Kaap kommen

Der Agent ergreift erneut das Wort: »Es folgte eine Forderung in Höhe von 40 Millionen Dollar in Diamanten. Die Waratah ist ein schottisches Dampfschiff, das 1909 auf dem Weg von Australien nach Schottland in Kapstadt einen Stopp machen sollte, doch niemals dort ankam. Seitdem gilt das Schiff als verschollen. Geheime Dokumente bestätigen, dass an Bord der Waratah ein Wissenschaftler reiste, der gefährliche Pest-Proben bei sich trug. Um das Verschwinden der Waratah ranken unzählige Mythen.«

»Obwohl ich mich normalerweise nicht dazu hinreißen lasse, ohne vollständige Faktenlage eine Vermutung zu äußern, wage ich dennoch, eine Theorie aufzustellen«, meint Holmes daraufhin. »Hinter dem Kapstadt-Viertel Bo-Kaap liegt der Signalberg, von wo aus früher den in die Bucht einlaufenden Schiffen Zeichen gegeben wurden. Ich könnte mir vorstellen, dass der Erpresser, der nach dem Wrack der Waratah gesucht hat, ein Nachkomme eines schottischen Seemannes ist, der bei dem Unglück sein Leben verlor. Immerhin wurde das Erpresserschreiben auch an die schottische Regierung geschickt. Eventuell denkt der Erpresser, dass die Waratah durch Signale von diesem Berg aus absichtlich in die Irre geführt wurde und die Bewohner von Bo-Kaap dafür verantwortlich waren. Nun sinnt er auf Rache. Sieh nur, Watson, der Warnung lag diese Phiole bei. Was denkst du, was sie enthält?«

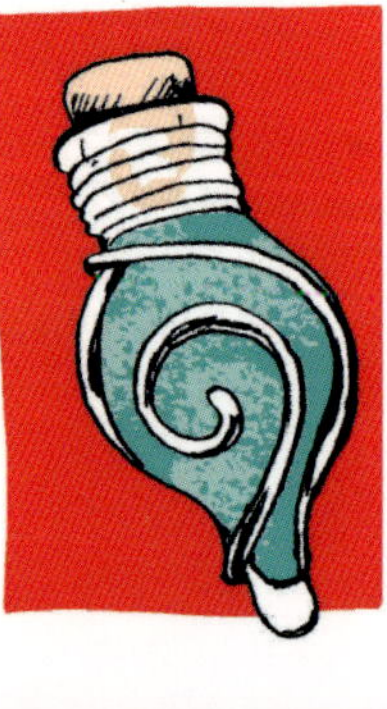

BO-KAAP IN GEFAHR

»Regenbogennation – so nannte Nelson Mandela Südafrika«, liest Watson aus der Touristenbroschüre vor, während sie durch Bo-Kaap laufen. »Nirgendwo in Kapstadt sieht man diese Vielfalt besser als in Bo-Kaap mit seinen bunten Häusern. Das etwa ein Quadratkilometer große Viertel entstand ab dem 17. Jahrhundert, als sich am Fuße des Signal Hill und in Sichtweite des Tafelbergs die freigelassenen Sklaven niederließen …« »Watson, fraglos sehr spannend. Aber wenn du deine Aufmerksamkeit etwas mehr auf deine Umgebung lenken würdest, wäre dir ein wichtiges Indiz aufgefallen!«

Was meint Sherlock?

Nur wenig später trifft der Agent schwer atmend am Souvenirladen ein. Holmes erwartet ihn bereits: »Haben Sie inzwischen den Inhalt der Phiole untersucht?« »Ja«, keucht der Agent, »keine Spuren von Pestbakterien.« »Natürlich nicht. Die Phiole ist mitnichten antikes Gefahrengut von der Waratah, sondern lediglich ein Bluff, um das Geld als Entschädigung zu bekommen. **Diese Ohrringe dort sind der Beweis! Sie sehen exakt so aus wie unsere Phiole.** Möglicherweise erinnert sich die Verkäuferin noch, ob in den letzten Tagen ein schottisch aussehender Tourist derartige Ohrringe erworben hat.«

Und tatsächlich führen die Ermittlungen des Geheimdienstes zur Festnahme des Verbrechers, der gedroht hatte, die Bewohner von Bo-Kaap zu infizieren. Allerdings stellt sich heraus, dass Holmes' Theorie vom schottischen Racheengel falsch war. Vielmehr hatte ein vor dem Ruin stehender Immobilienmogul im Bo-Kaap-Viertel diverse Bauprojekte geplant. Diese waren jedoch 2019 durch die Zuweisung des Stadtteils zur geschützten Heritage Protection Overlay Zone nichtig geworden. Er hatte den Mythos um das Schiff Waratah ausgenutzt, um die Polizei auf eine falsche Fährte zu locken und sich das Geld zurückzuholen, um das er seiner Meinung nach betrogen worden war.

Watson befürchtet schon, Holmes wäre nun geknickt, doch mitnichten. »Nichts ist trügerischer als eine offenkundige Tatsache«, ist sein einziger Kommentar zu seiner Fehleinschätzung.

HERZLICH WILLKOMMEN!

»Kinder, begrüßt ganz herzlich den berühmten Detektiv aus England – Sherlock Holmes!« Das Gesicht der Lehrerin ist rot vor Begeisterung, doch Holmes sieht sich angesichts der vielen Kinder hilfesuchend nach Watson um. Warum hat er sich überreden lassen, in dieser Schule in Timbuktu, Mali, von seinen Abenteuern zu berichten? Was sagt die Frau da gerade? Die Kinder haben etwas vorbereitet? Seufzend sieht sich Holmes die Tafel an.

Wie lautet die Nachricht der Schulkinder?

Mister Holmes, sortieren Sie die Orte von Nord nach Süd und entschlüsseln Sie dann die Nachricht der Kinder!

Antarktis, Bodensee, Brüssel, Casablanca, Dublin, Genfer See, Gibraltar, Glasgow, Helsinki, Island, Kapstadt, Kap Verde, Lanzarote, London, Madagaskar, Mailand, Mallorca, Monaco, Nordkap, Paris, Spitzbergen, Stockholm

a	Z	Spitzbergen
b		
c	S	Island
d		
e		
f		
g		
h		

i,j		
k		
l		
m		
n		
o	C	Monaco
p		
r		

s		
t		
u		Kap Verde
v		
w		
xyz		

KBT WTOVOM VMN ZVW BLTO ZPOMEOVOT!

»Ich muss sagen, die Kinder sind ganz schön pfiffig«, sagt Holmes, nachdem er zwei Stunden lang von seinen Abenteuern weltweit erzählt hat, wobei Dr. Watson die eine oder andere Anekdote beisteuerte. »Und welch schöne Idee, ihrer Freude mithilfe einer Geheimschrift und eines geografischen Rätsels Ausdruck zu verleihen.«

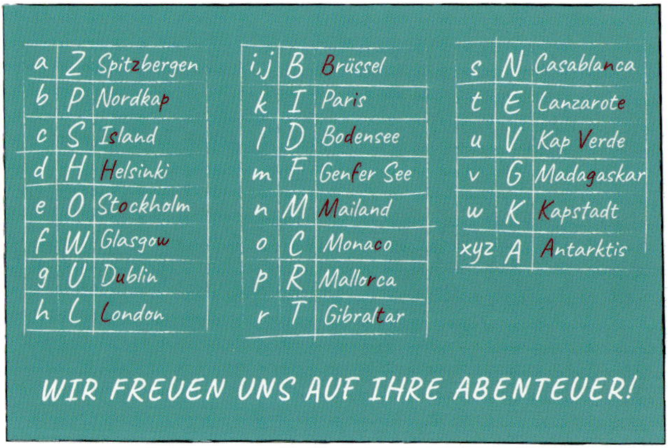

MYSTERIÖSE KORNKREISE

85 | ÄTHIOPIEN

Äthiopiens Weizenfelder ziehen unter ihnen hinweg, als sie von Addis Abeba aus Richtung Süden fliegen. Der Militärhubschrauber schüttelt sich, als ihn eine Windbö trifft, doch Holmes lässt sich nicht irritieren. Er studiert den kurzen Text, der am Morgen im Internet verbreitet worden ist. Dort stand nicht nur sein Name – mitsamt Koordinaten, die sie nun anfliegen –, sondern auch eine auf dem Kopf stehende Karikatur von ihm war abgebildet. Entwürdigend! Eigentlich sollte er sich in der Hauptstadt Äthiopiens dem Fall eines verschwundenen Kindes – es handelt sich um den neunjährigen Sohn einer berühmten französischen Schauspielerin – annehmen.

»Holmes, wir sind da! Sieh dir das an!«, sagt Watson.

Welche beunruhigende Botschaft entdeckt Holmes?

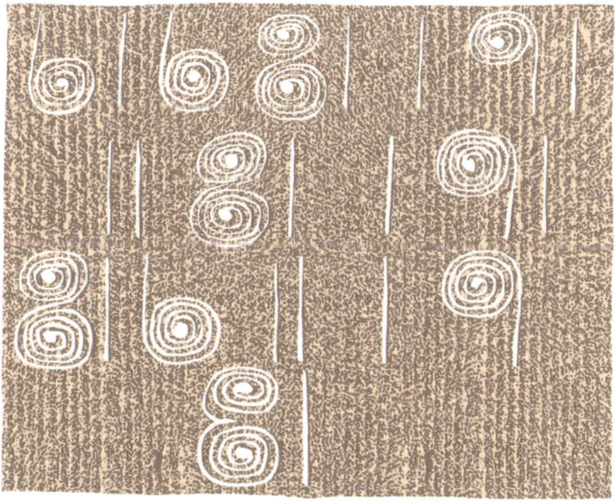

»So was sieht man auch nicht alle Tage«, sagt der Pilot, als sie auf diese merkwürdigen Zeichen im Kornfeld zufliegen. »61 6 81 1 91. Sagt Ihnen das etwas?«

Doch Sherlock Holmes schüttelt nur den Kopf. Hängen diese Kornkreise mit seinem aktuellen Fall zusammen? Da trifft ihn plötzlich die Erkenntnis wie ein Lichtstrahl in dunkler Nacht!

Holmes krakelt mit einem Stift geschwind etwas auf seine Handfläche. Neugierig beugt sich Watson über ihn. Als er sagt »Sherlock, du schreibst die falschen Zahlen auf!«, hebt dieser nur den Zeigefinger. Dann – endlich – sagt er zu dem verdutzten Watson: »Wir müssen sofort nach Paris! Die auf dem Kopf stehende Karikatur von mir ließ mich die **Zahlen umdrehen**. So erhalten wir **16 1 18 9 19** und das steht für PARIS: P ist der 16. Buchstabe im Alphabet ... Moriartys Nachricht lautet somit: **PARIS, PARK** (16 1 18 11) und **FAKIR** (6 1 11 9 18). Das kann kein Zufall sein! Ich wette, wenn wir diesen Fakir in einem Pariser Park ausfindig machen können, haben wir auch den verschwundenen Jungen der französischen Schauspielerin gefunden.«

»Moment, wie kommst du darauf, dass Moriarty seine Hände im Spiel hat?«, fragt Watson irritiert, woraufhin Holmes antwortet: »Schau mal nach unten und beachte den Kornkreis, in dem **EI** steht. Auf den Kopf gestellt ergibt es die Ziffer **13**, das Äquivalent im Alphabet ist **M**!«

Dr. Watson seufzt: »Die merkwürdigsten Schlüsse, die du ziehst, werden plötzlich ganz logisch, wenn du sie erst einmal erklärt hast. Doch alleine wäre ich da nie drauf gekommen!«

PARC DE L'ÎLE SAINT-GERMAIN

Überstürzt haben Holmes und Watson Äthiopien verlassen und sind nach Paris gereist. Mithilfe der Polizei finden sie im Parc de l'Île Saint-Germain den Fakir, der ihnen jedoch nur wortlos eine Zeitung und eine Karte mit der Silhouette des Mont-Saint-Michel überreicht.

Finden Holmes und Watson heraus, was das Ganze soll?

»Die Silhouette des Mont-Saint-Michel, der sagenumwobenen Insel vor der Küste der Normandie, hätte ich noch erkannt. Wie du den Rest ermitteln konntest, ist mir ein Rätsel. Wieso hat dich der Zeitungsbericht auf die Idee gebracht, dass wir auf der Insel **geocachen** sollen? Also manchmal, Sherlock, bist du mir wirklich unheimlich!«

»Meine Recherche hat ergeben, dass dieser Artikel so nie gedruckt wurde – weder Print noch online. Also hat Moriarty ihn mir aus einem bestimmten Grund zukommen lassen. Das Wort **BERÜHRENDER** ist als einziges in Großbuchstaben geschrieben worden. Zudem erscheint es mir in diesem Zusammenhang eher unpassend, findest du nicht? Nehmen wir also einfach den Begriff ›berühren‹. Ich fragte mich, wer oder was berührt sich. Da kam mir die Idee, das Wirrwarr an Buchstaben genauer zu betrachten – und siehe da – nur wenige **Buchstaben berühren die Silhouette.** So ergibt sich **WBMHOSZSLOUS1S1Z**, was natürlich keinen Sinn macht. Doch warum hat Moriarty die Tafel aus der Schule in Timbuktu in der Zeitung abbilden lassen? Ganz einfach: Wir müssen die **Geheimschrift der Kinder anwenden**! So ergibt sich **FINDE CACHE GC1C1A**. Ich habe recherchiert und direkt Hinweise erhalten auf einen Cache, der sich auf dem Mont-Saint-Michel befindet. Et voilà, deshalb sitzen wir im Zug Richtung Küste.«

Watson starrt den Detektiv kopfschüttelnd an und blickt dann frustriert aus dem Fenster, wo die französische Landschaft nur so vorbeifliegt. Am späten Abend erreichen sie die Insel Mont-Saint-Michel.

»Über die Jahrhunderte hinweg hat sich der Mythos gehalten, dass der Heilige Gral hier auf der Insel verborgen sei. Sind Sie deshalb hier, Monsieur Holmes?«, fragt der Bürgermeister. »Hier in der Bucht herrscht mit 15 Meter der höchste Tidenhub Europas. Sie müssen auf die Ebbe warten, dann können wir zu der kleinen Kapelle gelangen, wo der von Ihnen gesuchte Cache liegt.«

Stunden später öffnet Watson den seit 2001 dort verborgenen Cache, der bei Geocachern sehr bekannt ist. In der Dose liegen etliche kleine Gegenstände – so auch eine typische Sherlock-Holmes-Pfeife. In dieser finden sie einen Zettel …

Mittlerweile dürfte der Junge großen Hunger haben und mächtig frieren. Wollen Sie ihn retten, Holmes? Dann wünsche ich …
Bo nn ec ha nc e, mo na mi! M.

171 215 5555 5 1315 139 19
256 1000 1010 139 1890
15 13 81 44 4 2006
25 81 11 689 46 87 15
35 15 481 66 7890 0
1414 53 90 1119 564 1245
250 10 47 15 44 1111 8756
81 908
512 143 11 141 24 904U 13 234

»Der Mont-Saint-Michel ist ein komplexes Labyrinth aus Krypten, Sälen, Treppen und Geheimgängen, doch gibt es ein Verzeichnis, in dem die einzelnen Gebäudebestandteile durchnummeriert wurden?«

Warum stellt Sherlock Holmes diese Frage?

15 Minuten später sitzen sie im Büro des Bauleiters, der gerade seinen PC hochfährt: »Sie haben Glück, Monsieur Holmes. Während der letzten Restaurierungsmaßnahme wurde der Mont-Saint-Michel vollständig vermessen und jeder Raum, jede Treppe, jeder Gang erhielt eine Ziffer. Lassen Sie mal sehen … Ah, hier haben wir es. **471** ist ein winziges Schlupfloch in dem Geheimgang, der von der untersten Etage der Abtei nach draußen ins Watt führt. Mon dieu, da hätten wir lange suchen können! C'est horrible!«

Nachdem sie den Jungen gefunden und der Polizei übergeben haben, lassen sie den restlichen Tag auf dem Balkon ihres Hotelzimmers ausklingen. Während Holmes entspannt beobachtet, wie die Insel rasch von der herannahenden Flut umspült wird, ist Watson immer noch außer sich: »Wie kannst du in aller Ruhe ein Glas Wein trinken, Sherlock. Hast du die vor Schreck geweiteten Augen des Kleinen gesehen? Und wie er geschlottert hat vor Kälte und Angst! Wir müssen Moriarty das Handwerk legen, und zwar endgültig!«

Um seinen Freund ein wenig abzulenken, zeichnet Holmes auf, wie er zu der Zahl 471 gekommen ist: »Dir ist bestimmt die **merkwürdige Schreibweise von ›Bonne chance, mon ami! M.‹** aufgefallen. ›Bo‹ entspricht dem 2. und 15. Buchstabe im Alphabet, also 215. **Suche die entsprechenden Ziffern in dem Buchstaben-Wirrwarr, verbinde sie** – und du hast 471.«

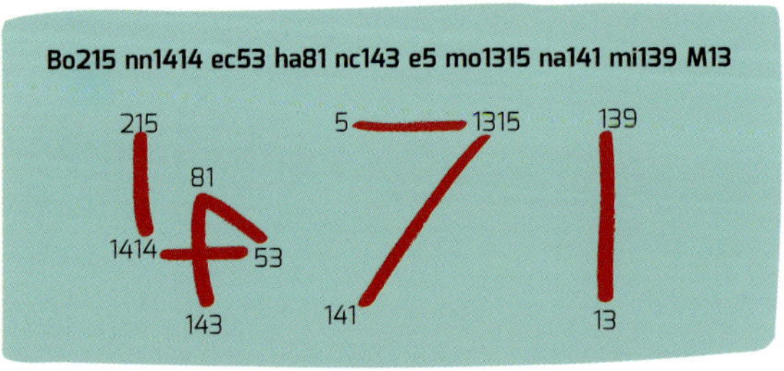

EIN STOLZES VOLK

In Tansania am Fuße des Kilimandscharo wird Holmes und Watson die Ehre zuteil, an dem einzigartigen Tanz der Massai teilnehmen zu dürfen. Doch plötzlich fühlt sich Watson seltsam benommen, ihm wird schwarz vor Augen … Als er wieder erwacht, findet er sich in einer Boma wieder, einem typischen runden Massai-Haus aus Lehm. Was ist passiert? Seine Frage nach Holmes' Verbleib wird mit dem Hinweis auf den für dieses Nomadenvolk so typischen Halsschmuck aus bunten Perlen beantwortet, der mitten im Raum auf dem Boden liegt. Watson ist verwirrt.

Soll das ein Hinweis auf Holmes' Aufenthaltsort sein?

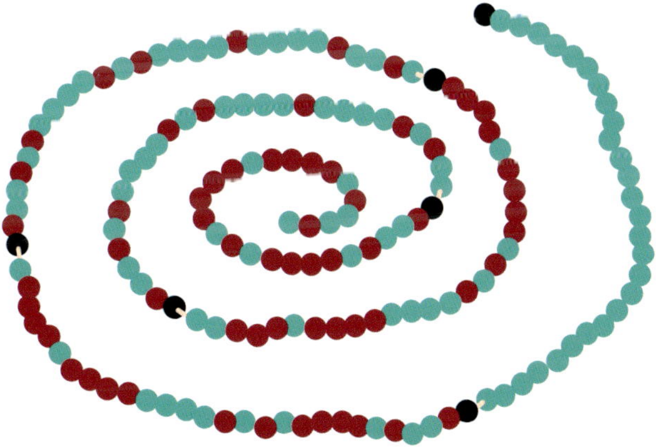

»Nun beruhige dich doch, Watson. Als du ohnmächtig wurdest, haben wir dich in die Boma gebracht. Ich muss sagen, mein Lieber, ein Leichtgewicht bist du nicht gerade. Jetzt schau doch nicht so finster, das sollte ein Scherz sein! Ich habe mich selbstverständlich davon überzeugt, dass es dir gut geht, bevor ich wieder zu der Feier zurückgekehrt bin. Dummerweise habe ich mir kurz darauf bei dem wilden Tanz den Fuß verstaucht. Die Massai waren so freundlich, mich zu ihrem **Heiler** zu bringen, der eine goldfarbene Tinktur sowie Blätter eines bestimmten Baumes darauf verteilte – und siehe da ...« – bei diesen Worten wackelt Holmes mit dem Fuß munter hin und her – »... nichts tut mehr weh! Aber ich musste den Fuß eine Stunde lang hochlegen und durfte mich nicht rühren. Also habe ich die Tochter des Heilers gebeten, dir mitzuteilen, wo ich bin. Konnte ich ahnen, dass sie dir eine Perlenkette als Hinweis auffädelt? Du musst zugeben, dass das Rätsel wirklich einfach war. Ich könnte mir vorstellen, dass sogar schon die kleinen Massai-Kinder sich mit derartigen Perlenspielen amüsieren. Du musstest einfach nur **mit jeder schwarzen Perle eine neue Reihe beginnen** – und schon stand mein Aufenthaltsort klar vor deinen Augen. Also, wenn du mich fragst, ich finde diese Art Geheimschrift erfrischend anders. – Watson?«

Doch Watson ist derart verstimmt, dass er keine Lust hat, zu antworten! Perlenketten-Rätsel! Pah, lächerlich. Holmes grinst nur: »Kann es sein, dass es dich ärgert, dass du das Rätsel nicht lösen konntest?«

»Dieses kleine Abenteuer rettete mich vor der gähnenden Langeweile, denn – wie du weißt, mein lieber Freund – ist mein Leben durchaus als …«

»… fortwährende Anstrengung zu verstehen, dem Alltäglichen zu entkommen«, vollendet Dr. Watson den Satz. »Aber sich mit dieser Geldfälscherbande einzulassen …«

»Ach komm, Watson, das war doch lustig! Ein geheimer Eingang hinter dem tosenden Wasser der Victoriafälle, dann diese Rätsel, die jeder lösen musste, der die sprichwörtliche Höhle des Löwen betreten wollte. Ich konnte ja über das Richtmikrofon alles mithören. Da fällt mir ein, ich habe dir die Rätsel noch gar nicht erzählt! Welch vortreffliche Gelegenheit, deine geistigen Fähigkeiten auf die Probe zu stellen! Der erste Gauner wurde gefragt, warum ein Leuchtturmwärter seelenruhig dabei zuschaut, wie ein Boot direkt vor seinen Augen im Meer versinkt. Der zweite Gauner bekam folgendes Rätsel: Die 1. Silbe frisst, die 2. Silbe isst, die 3. Silbe wird gefressen und das Ganze wird gegessen. Der dritte musste beantworten, wie es sein kann, dass ein Wrack 2004 versinkt und 1998 geborgen wird. Als ich mich dann schließlich der Höhle näherte, wobei mir die Polizei in sicherem Abstand folgte, stellte man mir ein Zahlenrätsel: Halbiere die Zahlen 12 und 13 so, dass du 7 und 8 erhältst.«

Sherlock Holmes schaut Watson grinsend an: »Den Rest kennst du ja. In der Höhle wurde es etwas chaotisch und vor ihrer Festnahme wollten sich diese Ganoven noch unbedingt mit mir raufen. Nun will ich aber wissen, Watson: **Hättest du die Rätsel auch lösen können?«**

In seinen Reiseblog schreibt Dr. Watson am Abend:

Holmes' Reiseblog

Es wird Zeit, dass wir die Victoriafälle hinter uns lassen, denn allmählich wird Holmes garstig. Heute hat die Polizei ihn gebeten, eine Geldfälscherbande, deren Hauptquartier in einer hinter den herabstürzenden Wassermassen verborgenen Höhle war, zu überlisten. Die Gauner stellten jedem, der Einlass begehrte, ein Rätsel.

1) Warum schaut ein Leuchtturmwärter seelenruhig zu, als ein Boot vor seinen Augen im Meer versinkt? Die Lösung lautet, dass er einem **U-Boot beim Abtauchen** zusieht.

2) Das zweite Rätsel lautete: Die 1. Silbe frisst, die 2. Silbe isst, die 3. Silbe wird gefressen und das Ganze wird gegessen. Des Rätsels Lösung war das **Sauerkraut**: Die Sau frisst, er isst, Kraut wird gefressen.

3) Der dritte Gauner musste die Frage beantworten, wie es sein kann, dass ein Wrack 2004 versinkt und 1998 geborgen wird. Ganz einfach: Das Wrack war **2004 v. Chr.** gesunken.

Sherlock Holmes hörte sich die drei Rätsel an, dann wagte er es, sich der Herausforderung zu stellen. Ihn forderte man auf, die Zahlen 12 und 13 so zu halbieren, dass sie 7 und 8 ergaben. Natürlich war es ein Leichtes für Holmes, dieses Rätsel zu lösen: Er schrieb die **römischen Zahlen XII und XIII** auf und fügte einen **Trennstrich** hinzu **(XII, XIII)**, sodass man **VII** und **VIII**, also **7** und **8**, erhält.

Gerade die Einfachheit der Lösungen birgt das Risiko, zu versagen. Wir haben es mit eigenen Augen gesehen! Ein Bandit wurde, als er die falsche Antwort gab, einfach die Victoriafälle hinuntergeworfen! Möge seine Seele in Frieden ruhen!

Holmes und ich nehmen morgen ein Bad im Devil's Pool, der direkt an der Kante der Wasserfälle liegt. Nervenkitzel pur!

ALEXANDERS GRABSTÄTTE

Als die Archäologin Melina Costa Holmes kontaktiert, ist sie der Verzweiflung nahe: »Seit 25 Jahren suche ich nach dem Grab von Alexander dem Großen. Letzten Monat habe ich unterhalb der Stadt Alexandria eine Marmorstatue mit einer Inschrift gefunden, die auf den König von Mazedonien schließen lässt, doch es gelingt mir nicht, sie zu entschlüsseln.«

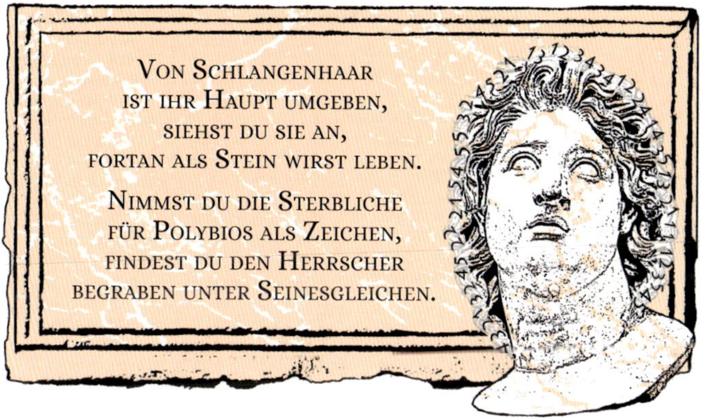

Holmes skizziert eine Tabelle. »Das Rätsel spielt auf die ›Tafel des Polybios‹ an. Entscheidend ist, das richtige Schlüsselwort zu kennen. Hier habe ich als Beispiel WATSON genommen. Wollte ich nun das Wort ›Logik‹ verschlüsseln, ergäbe das 41 15 32 34 35. Für dieses Rätsel brauchen wir selbstverständlich ein anderes Schlüsselwort. Watson, sei so gut und hilf Frau Costa bei der Entschlüsselung!«

	1	2	3	4	5
1	W	A	T	S	O
2	N	B	C	D	E
3	F	G	H	IJ	K
4	L	M	P	Q	R
5	U	V	X	Y	Z

Findet Watson heraus, wo Alexander der Große begraben wurde?

In der Tat hatte Watson schon bei den Worten Schlangenhaar, Anblick, Stein und Sterbliche an die mythische **MEDUSA** gedacht. Nun muss er nur noch die von Holmes skizzierte ›Tafel des Polybios‹ an dieses Schlüsselwort anpassen und dann die Ziffern 43 21 32 45 22 21 54 55 32 45 21 13 12 34 34 12 24 14 35 13 21 11 12 35 45 übersetzen. Diese ergeben die Begriffe **QAITBAY ZITADELLE FUNDAMENT**.

	1	2	3	4	5
1	M	E	D	U	S
2	A	B	C	F	G
3	H	IJ	K	L	N
4	O	P	Q	R	T
5	V	W	X	Y	Z

Als die Archäologin dies liest, wird sie vor Aufregung ganz rot im Gesicht: »Dr. Watson, wissen Sie, was das bedeutet? Die Qaitbay-Zitadelle liegt in Alexandria auf der Pharos-Halbinsel und wurde auf dem Fundament des antiken Leuchtturms errichtet. Sollte es tatsächlich möglich sein, dass sich die Grabstätte Alexanders des Großen dort befindet? Entschuldigen Sie, Dr. Watson, aber ich muss los!« Und weg ist sie!

Drei Tage später kann man weltweit in den Nachrichten verfolgen, wie es zu der Entdeckung des verschollenen Grabes von Alexander dem Großen gekommen ist. Zu Watsons Ärgernis wird sein Namen – im Gegensatz zu dem von Holmes – kaum erwähnt.

DAS RÄTSEL DER SABU-SCHEIBE

Als der Archäologe Walter Emery 1936 in dem Grab des Prinzen Sabu in Sakkara eine Scheibe fand, die verdächtig nach einem futuristischen Lenkrad aussieht, stand der Name schnell fest: Sabu-Scheibe. Deren Funktion war jedoch unbekannt. Gerade erst hatte der weltberühmte Archäologe Elliott Dunbar verkündet, dem Rätsel auf der Spur zu sein, da wurde er ermordet in der Nähe der Pyramiden von Gizeh aufgefunden. Sherlock Holmes übernimmt bereitwillig die Ermittlung in dem Mordfall. Nach der Leichenschau und der Tatort-Besichtigung sieht er sich in dem Büro des Archäologen um und findet einige Tonscherben.

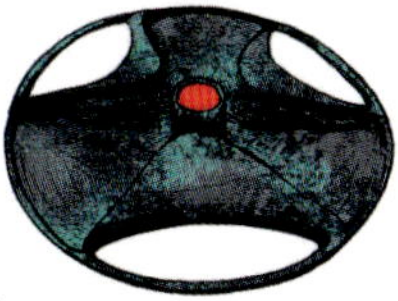

Enthalten die Tonscherben eine geheime Botschaft?

Als Holmes und Watson an der Cheops-Pyramide ankommen, wartet bereits Professor Cross, ein Kollege von Dunbar, auf sie. »Sie wollen zum Fels Y5? Wie kommen Sie darauf, dass ausgerechnet dort der Zugang zu dem 2017 mithilfe von Myonen entdeckten Hohlraum sein könnte?«

»Ihr Kollege hat eine Botschaft hinterlassen, verborgen in Tonscherben. Ich musste nur den mittleren Teil abdecken – und schon ergaben die Buchstaben links und rechts davon

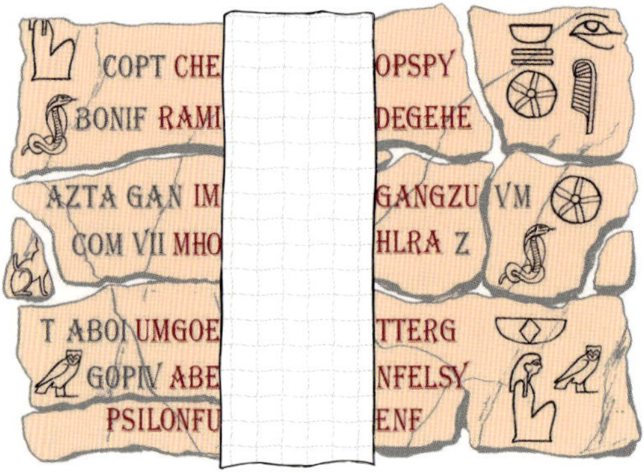

CHEOPSPYRAMIDE GEHEIMGANG ZUM HOHLRAUM GOETTERGABEN FELS YPSILON FUENF.«

Holmes hat diese Worte kaum ausgesprochen, da zückt Cross eine Pistole, doch er hat den Detektiv unterschätzt: Holmes streckt den Professor mit einem gezielten Kinnhaken nieder, wobei Cross ein Amulett aus der Hand gleitet.

Nachdem die Polizei den Mörder abgeführt hat, klettern sie zum Fels Y5, doch ein Eingang ist weit und breit nicht zu sehen. »Und nun?«, fragt Watson irritiert. »Hat sich der Professor vielleicht geirrt?«

DIE CHEOPS-PYRAMIDE

Holmes und Watson untersuchen die Steine der Cheops-Pyramide stundenlang akribisch. Da fällt Watson plötzlich auf dem vom Professor genannten Felsen Y5 ein kaum sichtbares Sonnen-Symbol auf, das man nur sehen kann, wenn die Sonnenstrahlen in einem bestimmten Winkel auf diese Stelle fallen. Und je weiter die Sonne am Himmel wandert, umso mehr Hieroglyphen kommen zum Vorschein.

»Faszinierend!«, sagt Holmes, der sich nicht erklären kann, wie die alten Ägypter es geschafft haben, diese Schriftzeichen im Felsen so gekonnt zu verbergen. »Wusstest du, dass die Hieroglyphen ursprünglich von rechts nach links geschrieben wurden?«, fragt Watson, der innerhalb weniger Minuten den Eingang zur Höhle entdeckt.

Wie gelingt ihm das so schnell?

»Das war leicht!«, meint Watson. »Von rechts nach links führen die Zeichen **3 Schritte nach oben und 2 Schritte nach links. Dann hinknien. Auf Augenhöhe** durch die Öffnung blicken, die man nur so sehen kann. In dem Loch erkennt man einen **Skarabäus**. Mhm, wirklich weiter sind wir dadurch jedoch nicht!«

»Nicht verzagen, mein Lieber«, sagt Holmes und setzt leise vor sich hin summend das Amulett von Cross oben auf den Skarabäus. Plötzlich schiebt sich mit lautem Getöse eine Felsplatte zur Seite und ein Geheimgang kommt zum Vorschein. Doch als sie am Ende des Ganges ankommen, stehen sie erneut vor einer mit Hieroglyphen verzierten Felswand. Die Zeichen sind äußerst sonderbar, eins erinnert sogar an ein futuristisches Flugobjekt.

Watson runzelt die Stirn: »Dieses Flugobjekt ... es sieht aus ...« »... wie die Sabu-Scheibe, wenn man sie aus einem bestimmten Winkel betrachtet! Sehr gut, Watson!« Sherlock tastet das Zeichen ab, drückt es – und wie von Geisterhand schiebt sich die Felsentür beiseite. Als sie in den Gang kriechen und kurze Zeit später nach vielen Jahrtausenden als erste Menschen die Höhle erreichen, schiebt sich plötzlich die Felsplatte an ihre Position zurück: Sie sind gefangen!

»Wie hast du es bezeichnet, Sherlock, als du meintest, wir lösen mal gerade eben das sagenumwobene Rätsel der Cheops-Pyramide? Einen ›Archäologie-Krimi‹, richtig? Hast du den Hinweis dort gelesen? Wir sitzen in der Falle! Es sei denn, du hast einen deiner genialen Einfälle!«

Wie kommen die beiden wieder aus der Höhle heraus?

Während Watson angesichts der zahlreichen uralten Skelette um ihn herum leise Panik verspürt, geht Holmes seelenruhig an die Wandtafel. Er **drückt der Reihe nach die Steine von 0 bis 9**, woraufhin die Felsentür der Kammer knirschend zur Seite schwenkt und frische Luft Watsons Lunge füllt.

Erleichtert springt Watson mit einem Satz aus der Kammer heraus: »So einfach war das? Man musste nur die Ziffern erkennen und die entsprechenden Steine der Reihe nach drücken? Also, ich für meinen Teil gehe jetzt zurück ins Hotel. Mein Gefallen an Archäologie-Krimis ist mysteriöserweise entschwunden.«

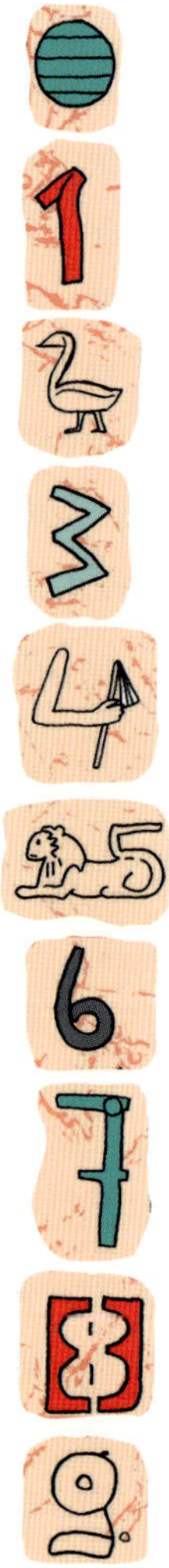

»Mister Holmes«, sagt der Chef des Geheimdienstes von Angola aufgeregt, »wir konnten den Chat-Verlauf zweier gesuchter Terroristen auffangen, die in Verdacht stehen, die Minenräumung unserer Naturschutzgebiete sabotieren zu wollen. Doch wir werden einfach nicht schlau daraus.«

Kann Holmes den Saboteuren einen Strich durch die Rechnung machen?

Kommst du auch zu dem Klassen? Wann
willst du ein? Ob wir Tom dort auch an
werden? Die alte blonde Froh. Ob er immer
noch auf trüben Apfelsaft steht? 12:21

Meinst du den Tom, der sich immer über
Brand, Daten, Impf und Klima Sorgen
gemacht hat? Und den Lichtfaktor? 12:28

Genau! Ist der nicht Erdbebenforscher geworden,
eilt von einem Erdbeben zum nächsten, auch
wenn das im Kriegs liegt? Auf jeden Fall
ein spannendes Forschungs! 12:33

Ich habe mir die Heit genommen, dich schon
anzumelden. Zieh dich ordentlich an! Dieses
Mal sollte der Anzug falten sein! 12:35

:)) 12:35

Ist dieser Frei nicht ein Feier? Also, ein
normaler Arbeits ist es auf jeden Fall nicht.
Aber - hey - ich komme, definitiv! Ist doch
mal eine nette Abwechslung vom All, oder? 12:40

»Angola hat in der Tat eine schwierige Vergangenheit. Bürgerkriege, finanziert durch Blutdiamanten, hinterließen weite Minenfelder, die auch heute noch eine große Gefahr für die Bevölkerung darstellen. Sicherlich wollten die Terroristen die Landminen für ihre eigenen Zwecke nutzen. Weißt du, Sherlock, ich glaube, wir haben durch die Entschlüsselung der Nachricht viele Menschenleben gerettet«, sagt Dr. Watson zufrieden, als er neben Holmes Richtung Flughafen-Gate marschiert. »Und wie entsetzt der Geheimdienst-Chef geschaut hat, als du erklärt hast, wie einfach die Entschlüsselung der Nachricht ist! Schon ein bisschen peinlich für ihn, oder? Vielleicht wird er ...«

Holmes lässt seinen Freund vor sich hin plappern. Unfassbar, dass John sich nach all den Jahren sogar über derart einfache Fälle noch freuen kann. Schließlich musste man hier nur die in der Konversation fehlenden Begriffe finden, also Klassen**treffen**, ein**treffen**, an**treffen**, **natur**blond, Froh**natur**, **natur**trüben, Brand-, Daten-, Impf- und Klima**schutz**, Licht**schutz**faktor, Erdbeben-, Kriegs-, Forschungs**gebiet**, **Frei**heit, falten**frei**, Frei-, Feier-, Arbeits- und All**tag**.

Holmes muss grinsen, denn das **TREFFEN NATURSCHUTZGEBIET FREITAG** wird für die Terroristen sicherlich anders ausfallen, als sie geplant haben!

Lestrade hat eine Mail geschickt mit der Bitte, Zeugenaussagen zu sichten. Es geht um den Fall von drei getöteten Jugendlichen, die letzte Nacht bei der Aktion »Geocaching by night« im Richmond Park kurz vor Mitternacht erschlagen worden sind, und zwar mit einem Golfschläger. Zum Glück hat die Presse noch nicht darüber berichtet.

Hat sich einer der Befragten als Täter*in verraten?

Paul (32)

Befr. vor Ort, 8.10

»Das war bestimmt Alex! Sorry, ich sollte so etwas nicht sagen, doch Alex war sauer, weil Sia nicht mitmachen konnte und er sich einer Gruppe anschließen musste, die er nicht kannte. Die drei haben sich ständig über ihn lustig gemacht, da ist dem bestimmt eine Sicherung durchgebrannt. Übrigens habe ich Alex zum Schluss gar nicht mehr gesehen. Merkwürdig ...«

Alex (18)

Befr. zu Hause, 9.00

»Sorry, ich bin noch ganz verschlafen. Was ist passiert ...? Oh Mann, nicht Ihr Ernst! Nein, ich hatte die Schnauze voll und bin um 23 Uhr abgehauen. Mit dem Bus brauchte ich 30 Minuten bis nach Hause. Krass! Das Busticket? Hab ich weggeworfen, brauch ich ja nicht mehr. Ja, klar kenne ich den Golfclub im Park. Mein Onkel Pete spielt dort.«

Sia (16)

Befr. zu Hause, 8.24

»Ich wollte eigentlich mit meinem Freund Alex zusammen an der Aktion teilnehmen, war aber krank. Zum Glück lag ich um Mitternacht sicher in meinem Bett, denn sonst wäre ich jetzt wohl auch tot! Wurden sie erstochen, vergiftet? Wer macht denn sowas? Sind alle tot? Tut mir leid, mehr weiß ich auch nicht. Der Leiter der Aktion? Der heißt Paul.«

Pete (51)

Befr. Golfclub, 11.13

»Ja, das ist mein Golfschläger. Wo haben Sie den her, ich habe ihn bereits vermisst? Ein Beweismittel? Wofür denn? Erschlagen? Oh mein Gott! Hier im Park bei dieser Aktion heute Nacht? Ja, ich habe davon gehört. Das waren doch noch Kinder, oder? Nein, ich bin heute Morgen erst gegen 9.30 Uhr hier eingetroffen – mit meinem Auto.«

Sherlock Holmes schickt direkt eine Mail an Lestrade …

Hallo Lestrade,

verhaften Sie sofort die 16-jährige Sia. Da die Medien morgens noch nicht über das Verbrechen berichtet hatten und die Täterin bereits um 8.24 Uhr zu Hause vernommen wurde, konnte sie den genauen Tatzeitpunkt – kurz vor Mitternacht – nicht wissen. Es sei denn, sie hätte die Tat begangen.

Grüße aus Malta
Sherlock Holmes

… und liest dann eine Mail durch, die er soeben mit dem Betreff LEBENSGEFAHR! erhalten hat. Sodann ruft er ins Nebenzimmer: »Watson, geschwind, ein neuer Fall! Außerhalb von Marrakesch ist ein Bandenkrieg entbrannt und es kam zu einer Geiselnahme. Einem hohen Mitglied der Regierung Marokkos droht die Exekution. Wir müssen rasch handeln! Das Areal in der Wüste scheint so gut bewacht zu sein wie Fort Knox. Man hat mir eine Lagekarte zugeschickt. Ich drucke sie gerade aus. Wir können sie während des Fluges dorthin studieren.«

Watson, der gerade erst eine Pferdekutsche gebucht hat, mit der sie Valletta, die Hauptstadt der Republik Malta, erkunden wollten, ist gar nicht erfreut. »Gibt es eigentlich noch ein Verbrechen auf dieser Welt, das ohne den großen Meisterdetektiv gelöst werden kann?«, brummelt er vor sich hin.

MARRAKESCHS BANDENKRIEG

»Mister Holmes, hatten Sie Gelegenheit, den Plan zu studieren?«, fragt der marokkanische Polizist. »Das Haus, in dem der Entführte gefangen gehalten wird, liegt in der Mitte des Areals. Wir haben zwar eine Lücke im Zaun erspäht, doch einen Weg durch das Labyrinth der Überwachungstechnik können wir nicht entdecken, zumal man nicht diagonal laufen darf. **Haben Sie einen Weg gefunden?«**

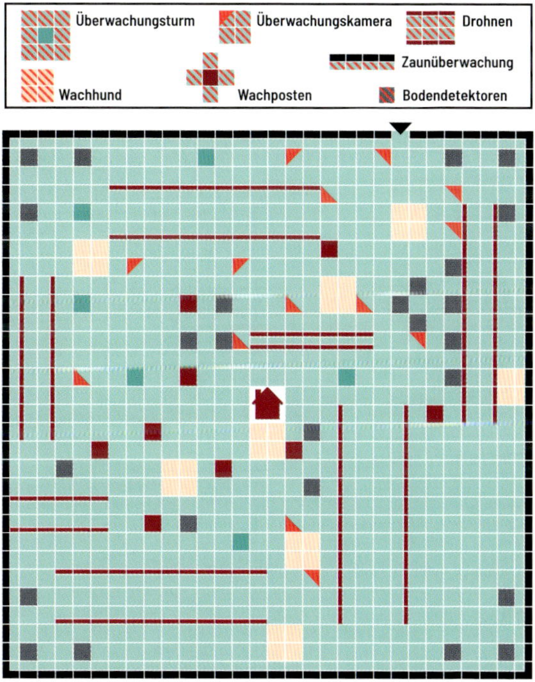

»Ich habe Ihnen den Weg durch das Labyrinth aufgezeichnet!« Mit diesen Worten breitet Holmes den Plan aus. »Den Polizisten sollte es gelingen, unbemerkt bis zu dem Haus vorzudringen.« Und tatsächlich läuft die Befreiungsaktion unblutig ab, da das Überraschungsmoment auf ihrer Seite ist.

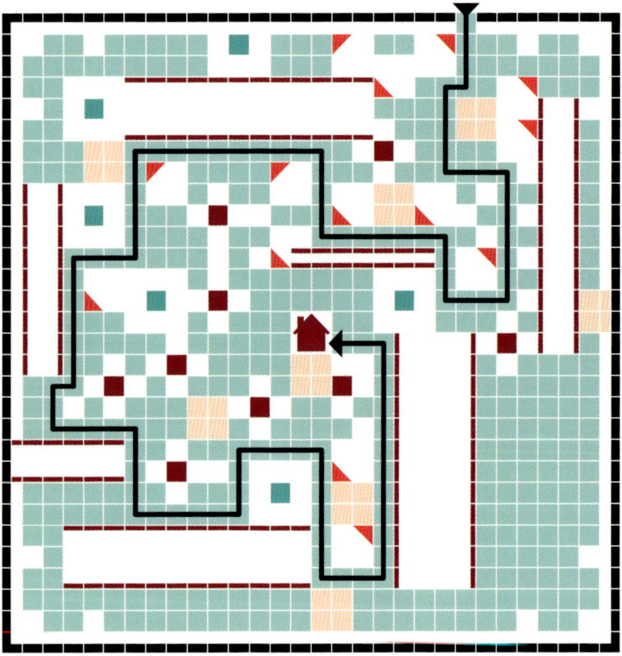

AUF DER ASTRO-FARM

Nachdem Holmes den größten Schiffsfriedhof der Welt an der Skelettküste Namibias besichtigt hat, gedenkt er, Watson mit einem Aufenthalt auf einer Astro-Farm zu überraschen, die sogar über eine gute Sternwarte verfügt. Holmes kennt den Leiter Deon Parks, der zudem Direktor des Nationalmuseums ist. Doch bei ihrer Ankunft herrscht große Aufregung. »Es tut mir leid, unser Dienstmädchen Malaika ist verschwunden, sodass Ihre Gästehäuser noch nicht fertig sind. Darf ich Ihnen bei mir zu Hause einen Drink anbieten? Aber bitte nicht zu genau hinschauen, da unsere Malaika auch dort hätte sauber machen müssen.«

Warum rät Holmes, umgehend die Polizei zu rufen?

Parks hat nicht untertrieben, denn das Wohnzimmer, in das er Holmes und Watson führt, ist voller Sand und Staub. Doch Holmes entgeht nicht, dass nur der Kamin, auf dem Kerzenständer und typisch afrikanische Masken stehen, vor Kurzem abgewischt worden war. Dasselbe gilt für das Gemälde, das über dem Kamin hängt. Doch der entscheidende Hinweis ist der **helle Rand, der um das Gemälde herum** auf der Wand zu sehen ist.

Holmes fragt Parks, ob es sich um ein Original handeln würde, und Parks fängt sofort an, über den Künstler und den Wert seines Lieblingsgemäldes zu schwärmen. Auf Bitten Holmes' hin untersucht Parks das Gemälde und stellt entsetzt fest, dass es sich um eine **Fälschung** handelt.

»Noch heute Morgen auf dem Weg zur Skelettküste habe ich online bezüglich einer gewieften Kunstfälscherbande recherchiert, die in Namibia ihr Unwesen treibt. Die Strategie ist simpel: Ein Mitglied der Bande verschafft sich Zugang zu dem entsprechenden Gebäude – zum Beispiel als Reinigungskraft – und tauscht in einem unbemerkten Augenblick das Original gegen eine geschickt angefertigte Fälschung aus. Um sämtliche Spuren zu beseitigen, hat Malaika den Kamin und den Bilderrahmen sorgfältig abgewischt. Wodurch sie sich jedoch letztendlich verraten hat, ist die Tatsache, dass der Bande anscheinend ein Fehler unterlaufen ist, denn der Rahmen des gefälschten Bildes ist im Vergleich zum Original etwa zwei Zentimeter zu klein. Ein dummer Fehler!«

»Also, Holmes«, sagt Deon Parks froh, aber auch peinlich berührt, weil das gerade ihm als Kunstexperten hätte auffallen müssen, »das hätte ich im Leben nicht bemerkt!«

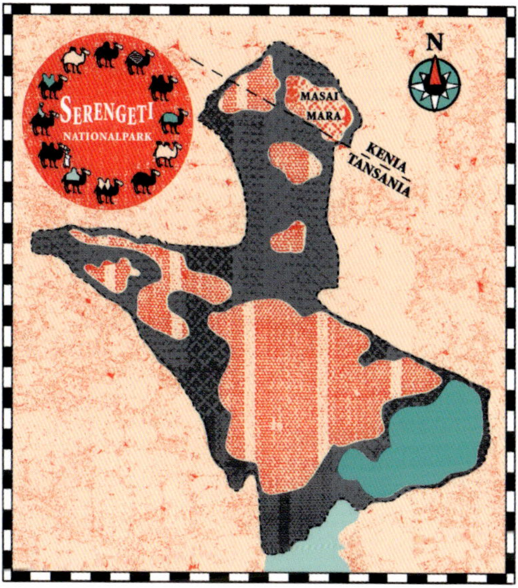

Ein Geier kreist über ihren Köpfen, während sie sich über die Karte beugen: »15.000 Quadratkilometer Naturschutzgebiet und ich habe keine Ahnung, wo die Wilderer als Nächstes zuschlagen werden«, sagt der Wildhüter resigniert. »Wir fanden allerdings mysteriöse Botschaften wie diese …«

Sind diese Botschaften auch für Holmes unverständlich?

»Gehe ich recht in der Annahme, dass dies eine Standardkarte ist? Dann ist die Sache klar: Die Wilderer teilen die Karte gemäß dem Maßstab in Quadrate ein und markieren den Punkt, wo sie die Serengeti betreten. Die 12 Kamele des Logos sind angeordnet wie bei einer Uhr. Dementsprechend steht das **Kamel auf 12 Uhr für Nord**, das Kamel auf 9 Uhr für West … Und so ergibt sich der Treffpunkt, wo die Übeltäter nunmehr verhaftet werden können.«

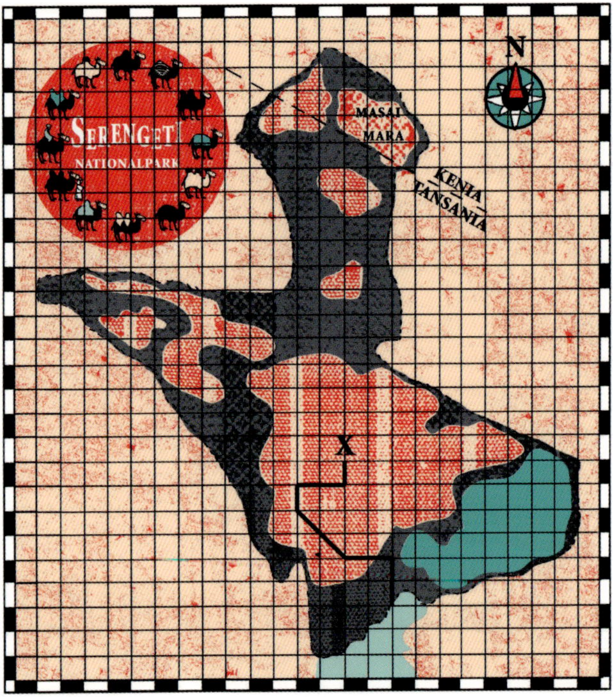

MORIARTYS ANSINNEN

99 | KENIA

»Er will WAS?« Entgeistert blickt Dr. Watson seinen Freund an, der gefühlte 200 Seiten Papier auf dem Tisch ihrer Lodge ausgebreitet hat. »Du nimmst mich doch auf den Arm. Moriarty will in das *Guinnessbuch der Rekorde*, weil er ein Verbrechen aufgeklärt hat, das vor 240 Jahren geschehen ist? Ist das überhaupt ein Rekord?«

»Besonders schmerzlich wäre es für die Nachkommen des Opfers. Die Familie hatte 1781 eine Belohnung ausgeschrieben, doch der Täter wurde nie gefasst. Sofern die Unterlagen korrekt sind – und das sollen wir prüfen –, hat Moriarty gute Chancen, die damals ausgeschriebene Belohnung zu erhalten. Mit Zinseszins wäre das ein schönes Sümmchen. Und es wäre in der Tat die älteste Belohnung, die je für die Aufklärung eines Mordes bezahlt wurde. Finden wir allerdings nur eine einzige Unstimmigkeit in den Unterlagen, ist Moriartys Plan geplatzt!«

Hat Moriarty einen Fehler begangen?

Polizeibericht 13. März 1781
Tat: Mord an Sybil A. Oran, Mitglied Orchester Bath
Tatort: Pulteney Bridge
Tatzeit: 10 pm
Zeuge: Friedrich Wilhelm Herschel

Todesanzeige *Braunschweig, 15. Februar 1781*
Der berühmte Dichter Gotthold Ephraim Lessing stirbt im Alter von 52 Jahren. Mit seinem letzten Werk Nathan der Weise konnte er sogar die Kritik …

Geburtsurkunde No 689
Wien, am 31. April 1781
Auf schriftliche Anzeige Herr Ludowig Krenz wird eingetragen, daß von der Bäuerin Margarethe Langen, wohnhaft in …

»Watson, ich muss sagen, Chapeau! Das war gute Arbeit. Während ich mich damit beschäftigt habe, die Echtheit der Dokumente anhand der Papierqualität, Tinte und Druckerschwärze zu überprüfen sowie die Plausibilität der Daten zu checken, habe ich das Offensichtliche aus den Augen verloren. Ohne dich wäre Moriarty mit einem kleinen Vermögen davongekommen. Zudem hätte ihm wahrscheinlich ein Eintrag ins *Guinnessbuch der Rekorde* zugestanden. Das alleine ist für mich schon ein absolutes No-Go!«

Watson wird gleich ein paar Zentimeter größer, denn ein Lob von Sherlock Holmes erhält man nur außerordentlich selten. Und es stimmt schon: So ein Datum wie der **31. April** kann der Aufmerksamkeit schon mal schnell entgehen. Der **April hat immer nur 30 Tage**, Ausnahmen gibt es nicht.

Morgen würden sie abreisen und das afrikanische Festland endgültig hinter sich lassen, um auf die Insel Madagaskar zu reisen. Ein letztes Mal blickt Watson von der Lodge aus auf die baumlose Savanne, die Serengeti, die sich endlos vor ihm erstreckt. Ihr Führer hat heute Morgen erklärt, dass das Swahili-Wort Safari übersetzt »Reise« bedeutet. So könnte man also sagen, dass Holmes und er eine weltweite Safari unternommen haben. Ein schöner Gedanke!

DIE »HEIMAT« RUFT!

Als Dr. Watson von einer Exkursion zurückkommt, brennt er darauf, seinem Freund von den unwirklichen Felslandschaften, faszinierenden Chamäleons, Affenbrotbäumen und putzigen Lemuren zu berichten. Doch bereits in der Hotel-Rezeption hält ihm ein wütender Sherlock Holmes eine kleine Wanze hin: »Die habe ich im Boden meiner Reisetasche entdeckt! Deshalb war uns dieser Gauner immer einen Schritt voraus! Moriarty hat uns die ganze Zeit abgehört. So war er genauestens über unsere Pläne informiert!«

Watson braucht ein paar Sekunden, um diese Nachricht zu verdauen, dann sagt er: »Jetzt, wo du die Wanze entdeckt hast, kann er uns doch nicht mehr ausspionieren.« Wortlos reicht ihm Sherlock Holmes eine Postkarte. Als Watson sagt »Moriarty hat sich verschrieben. Anstelle von ›sie‹ müsste dort ›Sie‹ stehen«, schüttelt Holmes nur den Kopf.

Warum nehmen Holmes und Watson, ohne zu zögern, den nächsten Flug nach London?

»Das hätte noch nicht einmal Moriarty gewagt!«, wiederholt Watson zum x-ten Mal, während sie mit dem Taxi – einem klapprigen Citroën 2CV, Spitzname »Ente« – zum Flughafen Antananarivo fahren. Holmes schüttelt den Kopf: »Ich fürchte, dieser Verbrecher hat längst jegliche moralische Wertvorstellung über Bord geworfen. Ihm muss ja extrem langweilig sein ohne uns. Queen Elizabeth II. zu bedrohen, nur um seine Lieblingswidersacher zurück nach London zu locken – was für ein skrupelloser Plan. Und auch wenn wir seiner Forderung notgedrungen nachkommen, habe ich Mycroft gebeten, die Sicherheitsvorkehrungen rund um den Buckingham Palace zu verstärken.«

Watson seufzt. Obwohl sie schon seit so vielen Jahren gemeinsam die ungewöhnlichsten Fälle aufklären, wäre er nicht auf die Idee gekommen, in Moriartys Karte einen Hinweis auf das geplante Verbrechen zu suchen. **QUEEN als Anagramm per Morsecode in den Burgzinnen zu verbergen** – einfach unfassbar!

Als sie über dem Atlantik Richtung England fliegen, sagt Watson schläfrig: »Weißt du, Sherlock, es ist zwar schade, dass unsere Weltreise ein so abruptes Ende findet, dennoch freue ich mich auf unser Zuhause in der Baker Street!«

Aquarell farben
Watsons kleine Geheim-schriften-Kunde
Es zeige der Kleine
starr auf den Dom,
doch folge dem Großen
gleich einem Spion,
bis an sein Ende,
sei nur nicht bang,
sonst ist er des Todes –
der Heilige Mann.

WATSONS KLEINE GEHEIMSCHRIFTEN-KUNDE

Anagramm: TOTER ⟶ TORTE (Buchstaben umstellen)

Knotenschrift: Auf Lineal mit 1 cm Abstand Buchstaben schreiben (Varianten: ABCD... / Buchstaben-Häufigkeit = ENISRAT...). Faden links an Lineal anlegen, 1. Knoten dort, wo gewünschter Buchstabe auf Lineal steht. Dann diesen Knoten links anlegen ...

Buchcode: Absender und Empfänger einigen sich auf Buch. Buchstaben/Wörter mithilfe von Ziffern ausdrücken. 24-12-4-8 → Seite 24, 12. Zeile, 4. Wort, 8. Buchstabe

Gartenzaun: JOHN WATSON

J H W T O
O N A S N

Geheimtext: JHWTOONASN

Atbash (Substitutionsverfahren): A ⟶ Z, B ⟶ Y ... Z ⟶ A

Binärcode: Dualsystem, Gegensatz: Dezimalsystem
1001: $1 \times 2^3 + 0 \times 2^2 + 0 \times 2^1 + 1 \times 2^0 = 9$

Chronogramm: Summe aller in einem Text verborgenen römischen Zahlen I, V, X, L, C, D und M (1, 5, 10, 50, 100, 500, 1.000): LIED ⟶ 50 + 1 + 500 = 515

Unsichtbare Tinte

Zitronensaft: Schreiben mit Pinsel, Sichtbarmachen durch Erhitzen mit Kerze oder Bügeleisen

Wasserzeichen: Feste Unterlage: Trockenes auf nasses Blatt legen, mit Bleistift/Kuli beschriften. Oberes Blatt vernichten. Unteres Blatt: Sichtbarmachen durch Eintauchen in Wasser.

Wachs: Schreiben mit weißer Kerze auf weißem Papier. Sichtbarmachen mit Wasserfarben.

Milch: Schreiben mit Milch. Sichtbarmachen mit Asche/Grafit.

Klartext	S	H	E	R	L	O	C	K
Schlüssel	1	8	7	9	4	3	2	5
Geheimtext	T	P	L	A	P	R	E	P

Schlüsselzahl:

Schlüsselzahl wählen (hier: 18794325), zu verschlüsselnde Buchstaben um die jeweilige Zahl im Alphabet weiterrücken.

Schlüsselwort:

Schlüsselwort: Sherlock Holmes, Position: 8 (bzw. H), Schlüsselwort einfügen, doppelt vorkommende Buchstaben nur beim ersten Mal berücksichtigen. Dann restliche Buchstaben einfügen, die nicht im Schlüsselwort vorkommen.

Alphabet	A	B	C	D	E	F	G	H	I	J	K	L	M	N	O	P	Q	R	S	T	U	V	W	X	Y	Z
Schlüssel	T	U	V	W	X	Y	Z	S	H	E	R	L	O	C	K	M	A	B	D	F	G	I	J	N	P	Q

Spaltentausch:

Schlüssel wählen (hier: 4213), Botschaft in Zeilen schreiben (hier: Mein Name ist John), fehlende Buchstaben durch X ersetzen, Spalten vertauschen gemäß 1234, verschlüsselte Botschaft zeilenweise lesen

4	2	1	3
M	E	I	N
N	A	M	E
I	S	T	J
O	H	N	X

1	2	3	4
I	E	N	M
M	A	E	N
T	S	J	I
N	H	X	O

Geheime Botschaft:
IENMMAENTSJINHXO

	1	2	3	4	5
1	A	B	C	D	E
2	F	G	H	IJ	K
3	L	M	N	O	P
4	Q	R	S	T	U
5	V	W	X	Y	Z

Tafel des Polybios:

Jedem Buchstaben wird ein Ziffernpaar zugeordnet.

Zu verschlüsselnde Botschaft: Flucht
Geheime Botschaft: 21 31 45 13 23 44

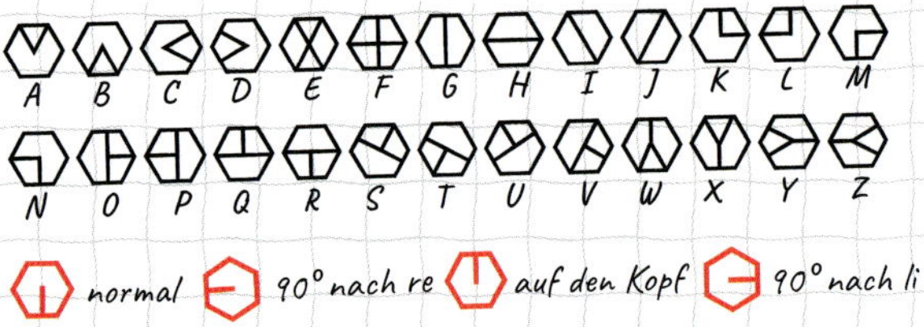

Fibonacci: Jede Zahl ist die Summe der beiden vorhergehenden Zahlen: 0, 1, 1, 2, 3, 5, 8, 13, 21, 34 ...

Quersumme: 10.456 ⟶ 1+0+4+5+6 = 16

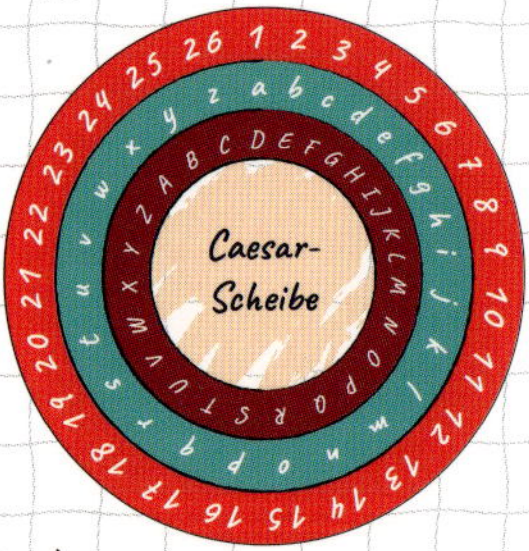

Kreiszahl Pi: π = 3,1415926535

Längen- und Breitengrade (Varianten):
Grad, Minuten, Sekunden: 7°36'18.9"(N) 118°10'24.4'(E)
Dezimalgrad (DG): 41.40338, 2.17403

Freimaurer-Geheimschrift

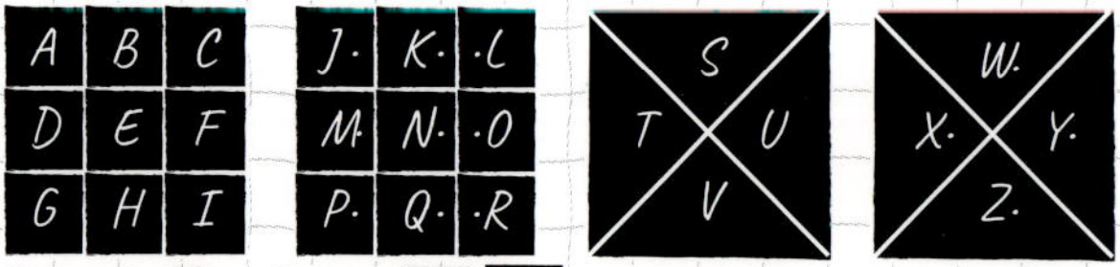

 bedeutet Watson

Friderici-Geheimschrift

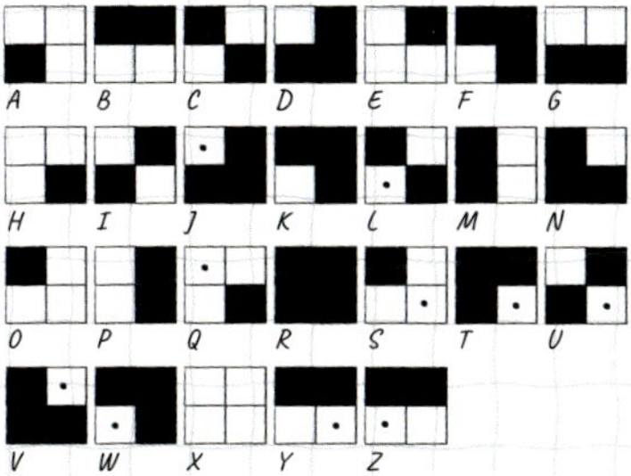

Morsecode

A ·–
B –···
C –·–·
D –··
E ·
F ··–·
G ––·
H ····
I ··
J ·–––
K –·–
L ·–··
M ––
N –·
O –––
P ·––·
Q ––·–
R ·–·
S ···
T –
U ··–
V ···–
W ·––
X –··–
Y –·––
Z ––··

Sherlocks Periodensystem-Geheimschrift

1 H Wasserstoff							2 He Helium
3 Li Lithium	4 Be Beryllium	5 B Bor	6 C Kohlenstoff	7 N Stickstoff	8 O Sauerstoff	9 F Fluor	10 Ne Neon
11 Na Natrium	12 Mg Magnesium	13 Al Aluminium	14 Si Silicium	15 P Phosphor	16 S Schwefel	17 Cl Chlor	18 Ar Argon
19 K Kalium	20 Ca Calcium	21 Sc Scandium	22 Ti Titan	23 V Vanadium	24 Cr Chrom	25 Mn Mangan	26 Fe Eisen

Impressum

3. Auflage 2024

moses. Verlag GmbH
Arnoldstraße 13d
D-47906 Kempen

Fon 0 21 52 - 20 98 50
Mail info@moses-verlag.de
www.moses-verlag.de

Schlau wie Sherlock
ISBN 978-3-96455-160-3
Printed in China.

Text: Elke Vogel
Illustrationen: Dorina Tessmann
Gestaltung & Satz: Andrea Janas
Lektorat: Matthias Leo Webel
Redaktion: Lukas Mai

Bildnachweis:

TIer-Silhouetten, Karte 12: Topanga/Shutterstock.com.

Weltkarte, Karte 19: https://freevectormaps.com/world-maps/WRLD-EPS-01-0006?ref=atr.

Die geografischen Kartendarstellungen auf den Karten 07, 16, 24, 25, 29, 30, 64 und 70 basieren auf Daten von OpenStreetMap.